T0007168

El instante antes del impacto

El instante antes del impacto

Glòria de Castro

Lumen

narrativa

Papel certificado por el Forest Stewardship Council®

Penguin
Random House
Grupo Editorial

Primera edición: febrero de 2022

© 2022, Edicions del Periscopi SLU & Glòria de Castro
Esta edición c/o SalamaiaLit, Agencia Literaria
Travessera de Gràcia, 47-49. 08021 Barcelona

Versión en castellano a cargo de la autora

Printed in Spain – Impreso en España

ISBN: 978-84-264-1098-6
Depósito legal: B-18.820-2021

Compuesto en M. I. Maquetación, S. L.
Impreso en Unigraf, S. L. (Móstoles, Madrid)

H 4 1 0 9 8 6

Para Edu, hasta el infinito

O el pozo era en verdad muy profundo, o ella caía muy despacio, porque Alicia, mientras descendía, tuvo tiempo sobrado para mirar a su alrededor y para preguntarse qué iba a suceder después.

LEWIS CARROLL,
Alicia en el País de las Maravillas

Haremos las reducciones de personal de una manera u otra, por la puerta o por la ventana.

DIDIER LOMBARD,
exdirector general de France Télécom

I'm not like them but I can pretend.

NIRVANA, «Dumb»

Ahora

Fue ese maldito año en que se produjeron todos aquellos suicidios en la compañía de telefonía francesa cuando yo empecé a trabajar en la agencia de publicidad de su filial en Madrid. Sin embargo, lo que estuviese pasando en Francia me parecía tan lejano, tan ajeno a mi vida... Podría empezar contándolo así, al estilo Sylvia Plath, pero aquí terminaría la poesía. Madrid no era Londres, ni Nueva York, ni París. Madrid era una ciudad que me parecía odiosa y fea, y donde los taxis, que apestaban a pies y a boquerones fritos, te obligaban a escuchar las tertulias fachas de la Cope. Pero yo estaba tan ensimismada con el incipiente embarazo que no supe oír las señales. La economía nacional desplomándose, los compañeros de otras agencias siendo despedidos en masa, aquellas chicas en el trabajo comentando a la hora de comer: «El cambio climático no existe», las restricciones de tráfico por polución, el auge de los partidos de extrema derecha. Yo era una isla de hormonas floreciendo y multiplicándose, como en aquellos documentales de National Geographic que mostraban flores de todos los colores eclosionando a cámara rápida. «Firma aquí», me habían dicho. Apretón de manos. Una sonrisa. «Haremos grandes cosas». No les había contado lo del embarazo. Antes de las dieciséis semanas hay muchas posibilidades de perder el feto, es lo que se llama una función higiénica del cuerpo. Sí estaban, de alguna manera, todos esos pensamientos sobre la muerte. A veces, cuando iba al baño, me levantaba de repente para mirar si se me había caído el bebé, en ese esfuerzo de empujar hacia abajo. Me preguntaba qué aspecto tendría un feto de doce semanas, si se parecería más a un gran coágulo de sangre, como una regla muy copiosa, o a un pollito recién nacido sin plumas y con los ojos negros grandes e hinchados. Pensaba en eso y pensaba en la gente que saltaba al vacío desde las ventanas de las oficinas centrales de París. Qué ruido harían los cuerpos al estrellarse contra el suelo. Si sería como un golpe seco o más bien el impacto de algo blando y pesado como un colchón. En los boletines internos nunca publicaron fotos de los muertos aplastados en la acera. Tampoco habría tiempo suficiente para recrearse en las imágenes o grabar vídeos, porque no saltaban de muy arriba. Nada que ver con los que saltaron de las Torres Gemelas. Esas sí que son fotos poéticas. Hombres pájaro con su ropa de oficina. Las americanas al vuelo, como Supermanes del mundo capitalista. Me gustaba mirarlas. La lírica de la caída. Una música de fondo. La «Sarabande» de Haendel. Después fueron censuradas. «No es ético», dijeron. En la oficina también dijeron que no era ético mostrar a la gente que saltaba. Decían: «En los anuncios de telefonía de la empresa hay que mostrar a gente hablando y riendo, feliz». Un empleado se había ahorcado con el hilo de un cable telefónico. Un cable telefónico que fabricaba la misma compañía que decía: «Hay que mostrar a gente que habla por teléfono y es feliz». Ahora, cuando pienso en todos esos años, también me veo a mí misma saltando a cámara lenta. Planeando desde la última planta hasta el suelo, o más abajo incluso, hasta el sótano. El parking. Las cloacas. Quizá todavía estoy cayendo, pero la cámara ha congelado la imagen y estoy flotando en el aire. Mi cuerpo flaco, de cuarenta y nueve kilos, no creo que haga demasiado estruendo al impactar contra el suelo. Allá abajo veo la cocina, el hervidor de agua con la lucecita azul encendida, la taza a punto con la bolsita de manzanilla. Pero ya no estoy en Madrid. Estoy en otro lugar. Un lugar que podría no existir. Un lugar que no importa a nadie. Donde ya no tengo nada que perder. Porque todo, de alguna manera, se ha ido perdiendo durante la caída. El piso en Madrid, el trabajo estable, las promesas consumistas clamando que, con el producto adecuado, tu vida mejorará. Un día dejé de creer en todo eso. Comprendí que todo era mentira. «Compra, sé feliz». Hijos de puta. Fue entonces cuando tomé la decisión de no comprar nada que no fuera esencial para la vida. Ni planes de telefonía, ni zapatos, ni camisetas, ni crema suavizante. «¿Acaso crees que esto va a afectar al sistema?», preguntarían, burlándose. Yo, como esos gorriones diminutos, con mi cuerpo frágil, mi cuerpo flaco, mi cuerpo aire colándose por accidente en el fuselaje de un Boeing 787. Una Sylvia Plath terrorista haciendo explotar el maldito horno repleto de triperóxido de triacetona en pleno Mobile World Congress.

Aquí está mi historia. Mi verdad. La crónica de mi salto.

Invierno

Día 0

Las ventanas no pueden abrirse desde dentro.

Hace seis años que trabajo aquí, en la agencia de publicidad de la filial de la compañía de telefonía francesa en Madrid. Durante este tiempo he tenido dos hijos, dos permisos de maternidad y dos más de lactancia.

Como todas las mañanas, he dejado a Pequeño con Gladys, la niñera ecuatoriana.

Cada tres horas me sube la leche.

Sin embargo, ya no llevo el sacaleches en la mochila, ni los tarros esterilizados que debo dejar escondidos en la nevera de la oficina, ni la neverita con un envase de hielo seco como la primera vez. Ahora dejo que la leche suba y me moje ligeramente el sujetador. A veces la humedad de los pezones traspasa la camiseta creando dos pequeños círculos que dejarán un rastro blanquecino y acartonado en el tejido cuando se sequen. Ellos lo ignoran. Ellos me saludan como si me traspasaran el cuerpo, como si fuera invisible.

Ellos son los jefes. Pero no son los jefes absolutos. También tienen unos jefes por encima de Ellos, que a la vez tienen otros jefes, que a su vez dependen de un entramado de multinacionales, de un holding empresarial, de un sistema económico, de un régimen consumista totalitario.

Hablo cinco idiomas.

Puedo hacer *sirsasana*, que es una postura invertida de yoga y sostenerla cinco minutos.

Cuando entré a trabajar aquí me encontraba en mi apogeo profesional.

Llevaba un montón de años trabajando como redactora creativa en los departamentos de publicidad de grandes multinacionales.

Pero fui madre.

Dos veces.

Ellos ya no sonríen. Ya no dicen: «Haremos grandes cosas».

He empezado a escribir esto porque llevo cinco años sin hacer nada. Sin que me pasen ningún trabajo. Entro a las nueve de la mañana, me siento, enciendo el portátil, espero hasta las tres de la tarde, que es cuando termina mi horario de jornada reducida por el cuidado de dos menores, apago el portátil y me voy a casa.

Las ventanas no pueden abrirse desde dentro. Los techos son demasiado altos para colgarse con un cable telefónico. Tomaron las medidas necesarias para que no pasara lo que en Francia.

Ellos me ven escribir y no me preguntan qué hago. Hay actrices que dicen que a partir de los cuarenta se vuelven invisibles, pero lo dicen metafóricamente. Yo soy invisible de verdad. Si ahora me subiese a la mesa, me arremangase la camiseta y me apretara los pezones para hacer salir chorros de leche al estilo Manneken Pis, estoy segura de que nadie se inmutaría.

Escribo esto para no volverme loca. Porque miro el reloj cada media hora, para comprobar que no ha pasado media hora, sino cinco minutos.

Podría irme, dejarlo, volver a casa, al hogar, cuidar de mis hijos, amamantar hasta que se me atrofien los pezones. Pero eso significaría que Ellos han ganado.

Y no puedo dejar que ganen.

Día 1. No compro bragas de blonda

Tengo cuarenta años.

Hoy, en casa, me he encontrado la primera cana púbica. El final acercándose. El incipiente declive. No sé si es la señal de algo. Mi *estéticienne* me dijo: «Si te salen canas ahí abajo significa que no te saldrán en la cabeza». Es verdad que no tengo ni una cana en la cabeza. Ahora tampoco tengo pelo en el pubis. Me lo he podado con las tijeritas de cortar las uñas para borrar la evidencia. La luz azulada del portátil, que me he llevado a la cama, donde escribo, ilumina mi coño pelado de bailarina adolescente. Él no sabrá jamás este asunto de las canas. Él es Horacio, mi compañero argentino, el padre de mis hijos, el cuerpo de piel tostada que está durmiendo aquí, a mi lado.

Las cosas que nos decimos y las que no nos decimos.

Esta tarde, en el baño, mientras me secaba la sangre que salía de un pequeño corte que me he hecho en el labio menor, Horacio, al otro lado de la puerta, ha dicho:

—Tenemos que hablar.

Lo ha dicho con el mismo acento que me humedecía las bragas cuando lo conocí. Yo miraba las paredes del baño recubiertas de una pelusa negra, como las fauces abiertas de un monstruo que nos fuese a tragar a todos, y ahí, en medio de la negrura, la evidencia: el vello blanco, retorciéndose sobre sí mismo como uno de esos finísimos gusanos intestinales. Pensando: «Pase lo que pase, no puedo dejarlo entrar».

Uno a cada lado de la puerta como en esos concursos de encontrar pareja en los que, en un momento dado, asciende hacia el techo ficticio del plató la pared que tenemos delante.

—¿Amor?

Ha dicho.

—¿Sí?

Pero al otro lado de la puerta solo se oía su respiración.

La misma que escucho ahora, rítmica y acompasada.

Es como si, de alguna manera, al hablar, Horacio intentara tapar un gran silencio.

—Dejé el laburo.

Yo aún llevaba las tijeritas de las uñas en la mano, las bragas bajadas hasta media pierna. Unas bragas funcionales, cómodas, de algodón negro, lavadas a temperaturas muy superiores a las recomendadas en la etiqueta, que no estaban preparadas para afrontar con dignidad catástrofes familiares.

Me las he subido deprisa, pensando en la escena de las medias en *El graduado*. Con qué dignidad, con qué superioridad lo hacía ella y con qué lástima lo estaba haciendo yo. Yo también soy mayor que él. No mucho más, en realidad, pero en aquellos momentos parecía que fueran tres siglos los que nos separaban, en vez de tres años.

He salido y hemos venido aquí, a esta misma cama, que es donde tenía los vaqueros, porque este tipo de conversaciones se deben mantener vestidos, pensé. Él ha mirado la mano en que llevaba las tijeritas. Unas tijeritas inofensivas pero que en un control de aeropuerto serían consideradas arma blanca.

Me ha hablado del tedio del trabajo, de cómo está hasta los huevos de aguantar que los jefes y los clientes estúpidos le rompan las bolas, de lo poco que se valora hoy en día la creatividad, de que solo manda el dinero, de que lo único que hacemos es contribuir a la propagación del consumismo; hablaba de todo esto porque hablar se le da muy bien. Y a la vez parecía que hablase de mí, de mi trabajo. Es cierto que los dos tenemos profesiones poco éticas, que no hacen más que corromper el sistema haciéndonos comprar cosas que no necesitamos, que no nos permiten crecer como personas ni nos dignifican espiritualmente, pero que pagan todo lo que nos rodea. Sin embargo, y puestos a comparar, yo trabajo para una compañía que provoca el suicidio de sus empleados, mientras que Horacio hace anuncios para una empresa de helados que lo único que puede llegar a provocar es un ligero incremento de la obesidad infantil. Así que era yo la que tenía más razones, no solo para dejar el trabajo, sino también para soltar la frase lapidaria con la que Horacio ha dado por zanjada la conversación:

—... así que no tenía sentido seguir con esta farsa.

Día 1. Medianoche

Sigo tendida en esta cama donde parece que se haya estrellado un avión. Encima están todavía mis vaqueros arrugados, que no he llegado a ponerme. La colcha blanca parece una extensión de nieve de los Andes. Yo, un cadáver. Por todas partes, los restos invisibles del fuselaje de lo que había sido nuestra vida, todo aquello en lo que habíamos creído. Miro la pared, como si la respuesta estuviese escondida en la mancha de humedad que salió misteriosamente esta semana, como un presagio. Como la entrada del pozo de *Alicia en el país de las maravillas*.

Día 2. No compro velas aromatizadas

Él dice: «Me siento liberado».

Él dice: «El trabajo es una mentira».

Él dice: «Ahora podré hacer lo que siempre he querido».

Y yo le pregunto: «¿Y qué es lo que siempre has querido hacer?».

Pero él no me responde. Se levanta y me pregunta si quiero que me traiga una manzanilla. De repente, desde el umbral de la cocina, se gira y me cuenta que si nos soltasen, por ejemplo, en una selva hondureña, nuestro trabajo no nos ayudaría a sobrevivir. No sabríamos prender un fuego con dos palos, no sabríamos encontrar comida, no sabríamos construir una cabaña al abrigo de la lluvia.

Pienso en la bolsita de manzanilla, que siempre flota pero que tarde o temprano acaba hundiéndose, tan pronto como se consume el oxígeno contenido en su interior.

Hasta tocar fondo.

Día 3. No compro detergente con sustancias activas ni mierdas de esas

Tiendo los jerséis de la colada como si fuesen cuerpos decapitados. El agua gotea a lo largo de las mangas sobre el suelo del patio de luces. Como si la angora llorase por la crueldad infligida a su tejido suave y delicado, necesitado de jabones neutros, de delicadeza y lavados a mano. «Os acostumbraréis», les digo; uno se acostumbra a todo.

Día 4. No caeré en la trampa

Esta mañana entro en la oficina sabiendo que este trabajo no va a ser tan solo una pequeña parada provisional hacia la vida soñada. Me siento como esos supervivientes del accidente de avión de los Andes intentando buscar ayuda y, al llegar a la cima, lo único que ven son más y más montañas heladas. Tengo que asumir que me he convertido de repente en la parte responsable de la unidad económica familiar. Por eso saludo a la gente de forma amable, cumplo el horario, finjo ilusión, ignorando las náuseas.

De repente se me acerca un becario al que no he visto antes, o tal vez sí, porque se parece al tipo de becarios que aparecen y desaparecen cada trimestre, en cuanto expira su contrato de prácticas.

—¿Es a ti a quien tengo que pasar el trabajo para vender los nuevos planes de telefonía?

Miro a mi alrededor y pienso si es una broma. Si habrá alguien escondido grabando con el móvil mi humillación.

«Hace cinco años que no me pasan ningún trabajo», quiero contarle.

Dijeron: «Haremos lo posible para que te vayas», quiero contarle.

Yo dije: «No me iré sin un despido y una indemnización».

Yo dije: «Llevo dieciséis años trabajando de esto».

Yo dije un montón de cosas, porque primero las ensayé con Horacio, y él me decía que era una admirable luchadora de los derechos laborales, que cualquier mujer estaría orgullosa de mí, que eso era lo que debía hacer, no dejar que ganase el Sistema.

Pero tal vez no era exactamente eso lo que quería decir.

Ahora ya no lo sé.

De eso hace cinco años y todavía no me he ido ni me han echado.

Es como un duelo, a ver quién puede más.

«Todos los días llego puntual a las nueve, me siento, enciendo el portátil y me enfrento a mi jornada de seis horas de nada», quisiera contarle.

Y este chico, que es de buena familia porque estudia en una escuela de publicidad privada y carísima y lleva un polo con el cuello ribeteado y el pelo engominado peinado hacia atrás y tiene acento del barrio del parque de Conde de Orgaz, como todos los becarios que vienen a la oficina a hacer prácticas, diría: «Tienes razón, es una injusticia, deja que llame a mi padre que es el dueño de un entramado de sociedades y grupos empresariales y holdings comerciales y podrá hacer algo al respecto».

Mi mesa está limpia. Soy la que menos gasta en material. No tengo que sacar punta al lápiz. No tengo que escribir nada en las libretas de tapa naranja y brillante. No tengo que apuntar el recordatorio de ninguna reunión en ninguna agenda corporativa.

Miro de nuevo al becario, su pliego de hojas, como una promesa. ¿Quizá, finalmente, he ganado?

—Ven —le digo.

Me siento en la mesa dispuesta a escucharlo. Mucho más dispuesta a escuchar a alguien de lo que he estado nunca.

Él me lanza su discurso ensayado a la perfección, como le han enseñado a hacer en la escuela de publicidad carísima: «Se trata de vender los nuevos planes de telefonía, de vender los terminales de móviles nuevos con más megas, de vender el paquete de televisión con toda la Liga, y la Champions, y la Copa del Rey, la segunda línea gratuita, que, bueno, en realidad no es gratuita, pero eso solo lo aclararemos en el texto legal...».

El becario sigue leyendo y no siento solo la plenitud y el júbilo de tener por fin algo que hacer en mi jornada laboral de seis horas —aunque se trate de vender mentiras y paquetes inútiles a precios desorbitados que rozan la ilegalidad y merecerían denuncias en la OCU—, sino también la certeza de que, se trate de lo que se trate, yo no caeré en esta trampa.

Día 5. No compro dónuts

Traspasamos las puertas automáticas de doble hoja del Alcampo y un vaho de aire caliente y cargado, mezclado con las notas altisonantes de la voz de Shakira, nos golpea la cara.

Digo a Mayor y a Pequeño: «No vamos a comprar nada que no necesitemos de verdad».

Ellos me preguntan qué quiere decir *de verdad*.

Si por ejemplo el Batmóvil de Lego es una de las cosas que necesitamos de verdad.

Le digo a Pequeño que las cosas que necesitamos de verdad son las que necesitaríamos para sobrevivir.

O para llevarnos a la selva hondureña.

Mayor me explica que como Batman no tiene ningún tipo de superpoder, necesita el Batmóvil para que no puedan matarlo.

«Nosotros no somos Batman», le digo, terminando la discusión.

Les cuento que he anotado en una lista las cosas que necesitamos de verdad.

Pero mientras las dicto, una voz enlatada empieza a sonar diez tonos más aguda que la mía, enumerando otra lista alternativa de productos en oferta. Productos que venden como si te salvaran la cena pero que en realidad están dirigidos a destruir la humanidad. En vez de marcas de alimentación, me parece oír: «En el pasillo central le ofrecemos diabetes tipo dos, obesidad mórbida, colesterol, hipertensión y afecciones de disfunción colorrectal».

—Vamos —digo a los niños empujando el carrito con los dos metidos dentro. Maldigo coger siempre el que nunca avanza en línea recta. Tengo que sudar y jadear como si estuviese en una final olímpica para llegar a la zona de la fruta y la verdura.

Y es entonces, demasiado tarde, cuando me doy cuenta de la emboscada. Para llegar hasta las verduras tengo que pasar por el lineal de bollería industrial, es imposible escapar. Los niños empiezan a pedir que los baje del carrito para poder mirar más de cerca todos esos paquetes de celofán a prueba de daltónicos que envuelven dónuts con las tonalidades del arcoíris. Al pasar, clavo flojito la uña, hasta reventarlos, hasta que el relleno de mermelada de fresa supura impregnándolo todo, como vísceras, como sangre, como el hígado de un gato muerto y destripado.

Día 7. Lunes

—Ha habido un error —dicen Ellos de pie ante mi mesa.

Uno de Ellos juguetea con el mando de su Audi, pulsando el botón para hacer salir la llave y luego volviendo a guardarla con el dedo índice, un gesto que me recuerda al de los pistoleros de las películas del Oeste. Aún lleva puestas las gafas de sol, así que no sé si me mira a mí o mira el mando o mira más allá, como los budistas. El otro sí me mira mientras sostiene una taza de café. Primero me mira a mí, después el *briefing*, y luego vuelve a mirarme a mí. En los márgenes del *briefing* he tomado unos cuantos apuntes. Ideas. Conceptos.

—Este trabajo no era para ti —me dice el que sujeta la taza de café—; el becario es nuevo, no lo sabía.

Me giro para mirar a mi alrededor en busca del becario, pero no lo veo. A lo mejor ha sido despedido. A lo mejor no quiere volver nunca más. A lo mejor prefiere ingresar en una secta destructiva o afiliarse en las bases de un partido fascista o en cualquier otro lugar donde nadie cuestione los errores de los demás. La verdad es que cualquier becario de esta oficina podría ser el becario nuevo. Cuando vuelvo a girarme hacia Ellos, veo que el de la taza de café se está llevando el *briefing* de mi mesa, con todos mis valiosos apuntes al margen. El otro juega un rato más con su clic clac clic clac clic clac, sacando y enfundando la llave del maldito mando, y quizá hace algún gesto con los ojos detrás de los cristales tintados, porque se le forman dos surcos en la frente, entre las dos cejas, o tal vez no.

Tengo cinco horas y cincuenta minutos por delante para tocarme el higo. Para dejar que mi mirada se pierda en los movimientos hipnóticos del salvapantallas, ahora dibujando un triángulo, ahora un hexágono, ahora un heptágono, de colores irisados, imitando, seguro, el efecto de algún psicotrópico.

En el fondo me da lo mismo.

Día 8. No tomo café de máquina en la oficina

En las oficinas francesas de la compañía de telefonía se han quitado la vida sesenta trabajadores en tres años.

Son los datos oficiales de los que han muerto en la oficina. A los que han esperado a matarse en su casa o en el coche o se han inmolado en el aparcamiento no los cuentan.

Aquí todavía no se ha matado nadie.

No es solo por las ventanas selladas, el falso techo como de poliestireno que dudo que aguante el peso de un cuerpo colgando. Es que aquí creemos que el maltrato es un incentivo a la productividad y lo damos por supuesto, igual que el gusto a betún del café de máquina.

—Lárgate —me susurra una compañera.

Mi reducción de jornada como un atentado contra el sistema, mi maternidad como una falta de compromiso empresarial.

Yo y mi lucha por los derechos.

—No puedo permitir que Ellos ganen —digo, repitiendo mi mantra.

—Ellos siempre ganan —me contesta.

«Deberías estar agradecida por tener este trabajo que te dignifica —dice mi madre—, teniendo cuarenta años y dos hijos, viendo lo mal que está todo, hija».

Suspiro y al hacerlo me doy cuenta de que ni siquiera a esto tengo derecho, a respirar aire puro, que solo puedo inhalar el aire viciado y recalentado que filtran las máquinas del techo, dando las gracias, además, por no haber contraído una legionelosis.

Todavía.

Día 10. No compro dentífrico con efecto blanqueador

—Me siento estafada, Horacio. No es justo. —Escupo restos del dentífrico y mi baba tiene color turquesa. Es un color bonito. Lo observo un momento, su lento deslizarse hacia el desagüe.

—¿Qué no es justo, flaca?

—Eso de dejar el trabajo sin consultarme, sin decirme nada.

—No era feliz, ¿entendés?

Su tono de voz, el color azul, la tristeza. Pero no es eso, no es tristeza: es rabia lo que siento, son ganas de salir a quemar cosas.

—¿Feliz? ¿Qué mierda de motivo es ese? La idea era que tú trabajabas y yo trabajaba, y ahorrábamos, y llegado el momento yo dejaba de trabajar y me podía dedicar a escribir.

—¿La idea? ¿Qué idea?

—Bueno, sí, mi idea...

—Vos no dijiste eso. Dijiste que no dejarías el laburo si no era con una indemnización, que tendrían que echarte de ahí a patadas, ¿no es así? —dice acompañando su discurso con el cepillo de dientes en la mano, como si dirigiese una orquesta muda.

—Sí.

—¿Viste?

Horacio enjuaga su cepillo, lo deja en el bote, echa un breve vistazo al espejo que nos enmarca a los dos y se va.

Yo sigo mirando la tonalidad de mi baba, preguntándome qué origen natural tendrán los ingredientes botánicos de los que habla el envase, si en Tasmania o Borneo habrá alguna planta que, al exprimirla, saque este jugo cibernético.

Día 11. No firmo nada

—¿Habéis firmado todos el contrato de confidencialidad? —gritan Ellos desde la puerta de su despacho. Normalmente no hablan con nadie, se comunican mediante correos electrónicos, a no ser que sea algo de vida o muerte.

En esta oficina se firman tantos que cualquiera diría que estamos en los despachos de los guionistas de *Juego de tronos*. Es parte de su política de terror, supongo. Las amenazas. Todo este cúmulo de letra pequeña para quitarse de encima la responsabilidad. O cómo hacer que una empresa que se dedica a las comunicaciones sea totalmente opaca a comunicarse.

Ellos nos explican que estos contratos son para que la competencia no pueda copiar nuestros nuevos planes de telefonía. Pero si uno se fija bien, los planes de telefonía siempre son los mismos, año tras año, aunque unos cuantos céntimos de euro más caros. En realidad, lo que no quieren que cuentes es precisamente lo contrario: que las compañías se dedican justo a eso, a copiarse unas a otras, a pactar subidas de precio a espaldas de todos aprovechándose de la buena fe de los consumidores y de la desidia del Gobierno.

Esa fue la razón por la que me contrataron, porque había trabajado para las otras compañías.

Piensan que sirves para la compañía de telefonía francesa porque antes has trabajado para la roja y mucho antes para la azul.

No porque tengas talento o puedas aportar una nueva visión.

Porque puedes copiar mejor.

Día 14. No voy al gimnasio al que van todos los de la oficina

Cuando sí me pasaban trabajo, y no como ahora, que me saco trocitos de cera de las orejas con el tapón del bolígrafo Bic, tampoco es que fuera tan aspiracional.

Me pedían, por ejemplo, que pensase cómo debería llamarse un servicio de móvil que permitiera ver la factura online.

«Tu factura», les proponía yo.

En francés lo llamaban «Votre facture».

Era justo dedicar al trabajo una cantidad proporcional de tiempo equivalente a su importancia o su dificultad.

Pero entonces aparecían Ellos y me preguntaban si creía que eso era todo, si creía que me pagaban por irme antes de las ocho de la tarde a casa, si la compañía nos pagaba para darle soluciones evidentes, si aquello era cuanto se esperaba de mí. Porque entonces ya era evidente que estaba embarazada, que no se lo había contado cuando firmé el contrato, que pariría, que me acogería a la reducción de jornada y que no me podrían despedir.

Y yo volvía a mi silla y me quedaba hasta las nueve de la noche, obviando las contracciones de Braxton Hicks en mi bajo vientre, haciendo otra lista de nombres que se alejaban cada vez más del significado de factura para ir acercándose al léxico de una lengua muerta.

«Más —me decían—, queremos más nombres».

Daban las once de la noche. Las doce.

«No basta con esto, no sirven».

A lo mejor esperaban que me suicidara, con el feto de mi primer hijo dentro, dos por el precio de uno, como esa trabajadora embarazada de Noisy.

Al día siguiente me confirmaban que el servicio se acabaría llamando igual que en francés.

«Tu factura».

Para eso me pagaban.

Cobrar es la única justificación que lo valida todo. El ranking de las empresas de éxito se mide por su facturación; el nivel de los países, por su renta per cápita, y así todo. Trabajamos solo porque nos pagan.

Me pregunto si sigue existiendo gente que trabaje por otras razones: porque le gusta, porque es su vocación, porque tiene la ambición de convertirse en una versión superior de sí mismo, para dignificarse, como dice mi madre.

Día 15. No gano premios literarios

Pensé que si me reducía la jornada laboral, mis días serían más productivos. Eso es lo que ocurre en lugares como Suecia o Dinamarca o en las ciudades del norte de Europa donde parece que todo sea más serio y funcione mejor. Pero es evidente que no les interesa que demuestres que puedes hacer el mismo trabajo que el resto de la plantilla en tan solo seis horas. Quieren que te quedes todas las horas del mundo. Las de la jornada laboral, las extras y las de más allá. Proclamar que puedes trabajar y ser madre jugando las cartas del juego del capitalismo tan bien como cualquiera de aquí dentro. Que puedes asistir a todas las reuniones, aunque sean a las siete de la tarde, no faltar ni un día e irte a casa únicamente cuando el conserje apaga las luces de la recepción y entra el equipo de las empleadas de la limpieza con sus carretillas de fregonas, cubos y esprays limpiacristales. E incluso entonces, quedarte un rato más, para que todo el mundo vea qué tipo de supertrabajadora estás hecha, aunque sea para hacer lo que haces ahora, mirar internet, leer estupideces, perder ingentes cantidades de tiempo en cosas que no sirven para nada porque son la nada misma.

Si sirvieran para algo, serían cosas que nos permitirían sobrevivir en la selva hondureña.

Es verdad que hay sabios que dicen que es en esos momentos, los del vacío, cuando la mente es más productiva.

Si fuera así, yo sería una persona muy plena y muy iluminada y me daría exactamente igual no haber ganado nunca ni un maldito premio literario.

Y no es el caso.

Día 15. Minutos más tarde

A menudo, como ahora, cuando me harto de todo, cojo mi taza de té y me voy al baño de discapacitados.

En la oficina no hay discapacitados. Físicos, al menos; emocionales, quizá bastantes más.

El baño tiene una puerta corredera muy grande y una superficie de unos seis metros cuadrados. Es el único lugar del edificio que cuenta con una ventana que puede abrirse al exterior, aunque lo suficientemente alta y estrecha para que nadie pueda arrojarse por ella al patio. También tiene un radiador de pared a pared, un jarrón de cristal en el suelo lleno de guijarros blancos del que emerge un tronco seco y decorativo que parece una vid, y una toalla de color gris suave y esponjosa que huele a suavizante de melocotón.

Cierro la puerta con pestillo y me tumbo en el suelo. Inspiro y levanto a la vez el tronco y las piernas hacia arriba, como una uve, haciendo equilibrios sobre las nalgas. Aguanto uno, dos, tres, cuatro, cinco, seis, siete y noto cómo empieza el dolor, la rigidez de los músculos del abdomen llevados al límite. Expulso el aire y me tumbo de nuevo en el suelo. Pienso en si en vez de trabajar de esto fuese actriz y me dijeran: «Ahora tienes que representar la escena del beso con Vincent Gallo». Hasta qué punto sería actuar o ese beso sería de verdad. Si le hundiese la lengua hasta la garganta, ¿me despedirían?

Me incorporo y me miro en el espejo levantándome el jersey y la camiseta, ahí donde antes había unos abdominales bien marcados ahora solo queda la devastación producida por los dos embarazos.

Hola, cuarenta. La edad a la que se terminó la ilusión de que vaya a mejorar nada a no ser que pague por ello. La edad a la que, si de verdad fuese actriz, ya no podría besar a Vincent en la boca porque me tocaría hacer de su madre.

Vuelvo a acomodarme la ropa, a meterme la camiseta por dentro del pantalón, agarro la taza de té y me siento en el suelo, con la espalda apoyada en el radiador.

—Podría ser eso que Virginia Woolf llamaba una habitación propia, aunque sea una habitación de mierda —digo, mirando la taza del váter—, literalmente.

Día 17. No compro una maceta más grande

—¿Qué puedo hacer por ti? —le pregunto a la orquídea mientras le echo un poco de agua mineral de mi vaso.

Me la regaló Kat, mi mejor amiga, la única que decidió seguirme cuando le dije que dejaba el piso que compartíamos en Gracia para irme a vivir a Madrid con un argentino de quien me había enamorado hasta el tuétano.

La orquídea ha sobrevivido a todo: a las mudanzas, a los agostos madrileños, a la falta de agua y al exceso de riego, pero ya lleva cinco años sin florecer. Llegamos las dos juntas a esta oficina, ella llena de unas bonitas flores blancas, yo con una camisa blanca recién planchada; parecía que veníamos a hacer cosas tan importantes... Después se le fueron cayendo las hojas y ya no le han vuelto a salir más. Lo único que le salen son las raíces por fuera de la maceta.

—Tiene poco espacio —me dice una compañera—, búscale una maceta más grande.

A mí, a veces, también me da la impresión de que se me salen las raíces por fuera de esta mesa.

«Será solo una situación provisional y pasajera», les dije a Ellos cuando les llegó el burofax con mi petición de reducción de jornada, pero en realidad se lo estaba contando a la orquídea. «Será solo una situación provisional, pronto tendremos una vida mejor». De eso hace cinco años. Comprarle una maceta más grande significaría aceptar que vamos a quedarnos aquí para siempre.

—No sé cuándo voy a poder sacarte de aquí, pero lo haré —le digo mientras le arranco media docena de ramitas secas, y la orquídea me devuelve su mirada alopécica y devastada.

Día 19. No compro ese tipo de cereales que venden como más sanos cuando en realidad llevan más azúcar que los otros

Horacio está delante del armario abierto de la habitación, donde cuelga una hilera cromática de camisas. Recuerdo la voz del dependiente: «Perfectas para un director creativo: serias y respetables, pero con un punto brillante y loco». Recorro con la mirada su espalda hasta ahí donde la interrumpe la franja negra de sus calzoncillos.

Sin decidirse por ninguna de ellas, cierra el armario y rescata una sudadera negra del cesto de la ropa sucia.

—¿Llevarás al pequeño al parque?

—¿Yo?

—Como ahora no vas a trabajar, llamé a Gladys para decirle que ya no hacía falta que viniera, que a partir de ahora tú te harías cargo...

Se gira y me devuelve una mirada que planea por encima de la cama, como si aún quedasen miembros amputados de la catástrofe, partes del fuselaje, maletas destripadas.

—... Y a lo mejor hasta conoces a otros padres.

—Solo hay cuidadoras filipinas con uniforme por las mañanas en el parque.

—Pero ¡hay un montón de padres en el paro! Lo dicen las estadísticas, en algún lado tienen que estar.

—Yo no soy un padre en el paro. Soy un desertor.

—¿Los desertores no van al parque?

—No.

—¿Los desertores no mandan currículums?

—No.

—¿Los desertores van a la selva a unirse a la guerrilla paramilitar?

—Sí.

Él suspira, agarra el libro que tiene en la mesilla de noche y se dirige hacia el baño rascándose los huevos con la otra mano. Me ha parecido, por la cubierta, que se trataba del best seller de Eckart Tolle *El poder del ahora*. Voy tras él para alertarlo, pero ya ha cerrado la puerta. Después oigo el sonido metálico del pestillo.

Lo último que necesito es a alguien soltándome discursos sobre que todo esto —y cuando digo «esto» me refiero a la oficina, los atascos, las medidas de conciliación, las políticas medioambientales, la violencia doméstica, el sectarismo católico, los abusos, los curas pederastas, el talco de bebés con amianto, la muerte masiva de abejas, la ola de suicidios laborales— va de aceptar y demás chorradas de realización espiritual. Porque no va de eso. Hay que hacer algo, hay que cagarse en las cosas, como está haciendo ahora Horacio; hay que cagarse en la situación, en los jefes de los jefes, y en los que están por encima de los jefes de los jefes, y en los dirigentes de las multinacionales, y en los presidentes mundiales, y en los resultados de la bolsa, y en el sistema económico, y en el Estado que alguien terriblemente cínico llamó «del bienestar».

—Voy a preparar el desayuno. ¿Te apetece algo?

—Sí —dice él desde el otro lado de la puerta—. Vos...

Me voy sacando las bragas y las lanzo con el pie lo más lejos que puedo. En el fondo, da lo mismo. El desayuno. El aporte nutricional de calorías basura que intentan vendernos desde las cajas de cereales de colores chillones. Si dejase de comprar toda la porquería de productos de alimentación para los que he hecho publicidad alguna vez, apenas quedaría algo que pudiésemos llevarnos a la boca.

Tendríamos que empezar a comernos los unos a los otros.

Y con este pensamiento llamo flojito a la puerta cerrada.

Día 21. No compro toallitas con fenilalanina

Horacio en la cola del paro, pero no sé si es Horacio porque está distinto, se le ha caído el pelo de la zona de la coronilla y está encorvado hacia delante, sosteniendo una gruesa carpeta contra el pecho. Lleva un jersey deshilachado y sucio encima de un pantalón de chándal. Observo cómo se balancea rítmicamente delante y atrás como suelen hacerlo los que sufren autismo. De repente se gira hacia donde estoy yo y veo su cara demacrada, sus ojeras, su larga barba canosa; él me mira, pero no me reconoce. Vuelve a girarse hacia la cola y reemprende su rítmico balanceo mientras consulta las ofertas laborales en un ajado cartel colgado de la pared.

Tornero.

Camarera de piso.

Comercial de televenta.

Sexador de pollos.

Me despierto de repente.

Solo era una pesadilla. O quizá una premonición. Cuando se hayan agotado todos los trabajos del mundo, quedarán estos, los que nadie quiere y por eso siempre están de oferta en el SEPE. Trabajos que la única capacidad que exigen es que, en el momento de hacer la solicitud, estés vivo.

Día 22. Madrugada

Me levanto y abro la contraventana. Aún es de noche. Las farolas de la calle arrojan una luz naranja encima del colchón donde los niños se han colado de madrugada, conquistando nuestro espacio y obligándonos al contorsionismo. Falta poco para el despertador, el reverberar del agua llenando los radiadores. Voy a buscar un pañal limpio para Pequeño y me doy cuenta de que es el último.

Día 28. No tengo una visión positiva

«Escribes —me decían—, tienes un trabajo en el que te pagan por escribir».

Yo creía que eso era el principio de algo. En realidad, era algo en sí mismo. O un final.

De todas formas, no se trataba de literatura. Cuando te refieres a que te pagan por escribir, nunca suele ser sobre literatura.

El último trabajo que me pasaron, y es el único documento que aparece en el escritorio, era un publirreportaje que trataba de dar una visión positiva de nuestro país, de sus capacidades de negocio, para que los de París decidiesen invertir más dinero y más recursos en nuestra filial que, por ejemplo, en la filial de Portugal o en la de Macedonia.

Escribí diecisiete versiones.

Escribí.

A todo lo llaman escribir. Pero no, escribir no es eso, no es poner una palabra detrás de otra y así hasta las cuatrocientas cincuenta. Escribir no es tratar de ponerse políticamente correcta cuando estoy por salir a la calle a cometer actos vandálicos en cajeros automáticos.

Fue el último trabajo que me pasaron y tendría que haberlo hecho más feliz. Afrontar cada nueva versión como una oportunidad. Cada comentario de Ellos diciendo: «No es impactante, no habla de nada en concreto» como un reto de superación personal.

«¿Y de qué queréis que hable?», les preguntaba, intentando no subir mi tono de voz. Cómo se podía dar una versión positiva del país si no se podía hablar ni del mercado laboral, ni de la situación política, ni de la sanidad pública de calidad, ni de los recursos educativos, ni del aprovechamiento del talento de nuestros investigadores, ni de la economía, ni de la productividad, ni de los horarios, ni de la conciliación, ni de la igualdad, ni de la libertad de expresión, ni de la transparencia bancaria, ni de la inversión en desarrollo, ni de la defensa del medioambiente, ni del mercado de la vivienda, ni del plurilingüismo, ni del cadáver de Franco. ¿De qué podíamos hablar, entonces?

«Puedes hablar de muchas cosas, por ejemplo..., del clima...», me decían, y dejaban la frase ahí, suspendida, como esperando a modo de *Un, dos, tres* que yo respondiese otra vez con algo ingenioso: la cerveza, el folclore, los pasos de Semana Santa con las señoras vestidas de negro con peineta y mantilla, las paellas, los toros...; construir una especie de imagen de país *vintage*.

«Positivismo —me alentaba a mí misma—, me pagan por escribir; esto es el principio hacia algún sitio. Anagrama.

»La editorial.

»Quién sabe».

La orquídea me miraba abatida como si en el fondo pensase lo mismo que yo: «De qué mierda de positivismo me estás hablando».

Día 31. No compro nada que contenga la palabra ergonómico

Cuando vuelvo del trabajo y entro en casa, veo que Pequeño está arrojando piezas de Lego contra el ventanal del patio ante la mirada pasiva de Horacio. A la vez tengo la visión de mi hijo con dieciocho años lanzando piedras contra el escaparate de El Corte Inglés, y no sé por qué la visión no me intranquiliza, sino al contrario. Me acerco para abrazarlo y noto que el pañal está a punto de reventar.

—¿No lo has cambiado?

—No quedaban pañales. He reciclado los que había en la papelera del baño, los que no estaban tan meados.

—¿No has ido a comprar más?

—Solo había de esos ergonómicos que son carísimos y que tú no quieres que compre.

Esto es lo que hacemos los publicistas con las palabras: nos inventamos nombres que no existen y los usamos para contener la mierda.

—Quizá ya va siendo hora de que le quitemos los pañales al pibe.

—Pero no hoy.

—Pues ¿cuándo?

—No lo sé. La próxima semana.

—Siempre decís eso, flaca.

Voy desabrochando los corchetes del body y noto la cálida emanación de las deposiciones cerca de mis manos. Cada vez que un Lego impacta contra el cristal, mi hijo suelta una carcajada.

—Mirá, todo esto... —dice Horacio, pero no termina la frase, sino que exhala como si fuese a apagar una vela de cumpleaños imaginaria.

—¿El qué? ¿Ir a comprar pañales?

—No, todo. —Su mano intenta abarcar el espacio a nuestro alrededor, como si este espacio también incluyese el planeta entero, el universo.

Sé de lo que habla. Puedo sentir su mismo cansancio en mi interior. Puedo notar las réplicas de su resoplido arrasando mi paisaje interior de casitas con tejados rojos y chimeneas expulsando nubes infantiles de humo y caminitos amarillos serpenteando hasta una puerta donde viven familias felices.

Me levanto y me alejo por el pasillo hasta la habitación de los niños para ver si queda algún pañal de los del verano, de los de la piscina, y al pasar por delante de nuestra habitación veo que Horacio tampoco ha hecho la cama, que la ropa sucia está tirada por el suelo junto a una taza de café vacía, que hay un plato encima del colchón con un montón de migas que se propagan más allá de su diámetro.

«En esta casa nos cagamos en Marie Kondo y sus teorías del orden», pienso.

Me dispongo a recoger todo porque ordenar ayuda a no pensar.

Y de repente estoy en la habitación de los niños y ya no recuerdo qué había venido a buscar.

—¡Hay que ir al cole a por el mayor, ¿vas tú o voy yo?! —le grito a Horacio, y mis palabras suenan como el estallido sordo de ese paracaídas que se abre de repente evitando que te des de bruces contra el suelo.

Día 32. No compro vaqueros

—¿No vienes a la liquidación de muestrario? —me dice una compañera de trabajo visiblemente excitada por poder escaparse en horario laboral. Ellos se han ido a una presentación y no volverán hasta después de comer.

El personal femenino de la oficina no va a las presentaciones.

El director de la filial de la compañía francesa tiende a no aprobar ninguna idea si sabe que la ha elaborado una mujer. En realidad, ni siquiera presta atención: se pone a responder whatsapps.

Así que todas se apresuran a recoger sus cosas, sus móviles, sus bolsos y sus abrigos. Pero no para salir a la calle exhibiendo pintadas violetas encima de sus pechos desnudos, sino para ir a comprar vaqueros. Pienso si para el sistema no será mucho más productivo eso, que salgan a comprar ropa, que quedarse aquí redactando cuatrocientas cincuenta palabras. Miro el cuadradito blanco del publirreportaje en mi pantalla, agarro el documento con la flecha del cursor y lo arrastro al iconito con forma de papelera del extremo inferior derecho de la pantalla. Abro la carpeta del sistema y arrojo también toda la carpeta donde pone Documentos. Después le doy un clic al icono de la papelera y aparece un menú desplegable. «Vaciar papelera».

Años de trabajo desaparecen en menos de un segundo.

—¿Vienes o qué?

—No, gracias, ya tengo vaqueros —le digo.

—Yo también, ¿y?

—Mira, en realidad hay que comprarse un solo vaquero al año. Así tienes un vaquero nuevo y puedes usar el del año anterior para ir al campo o a buscar setas.

—¿Para ir a buscar setas? ¿De qué coño estás hablando?

Miro cómo se van todas rápido hacia la puerta, hacia los ascensores. Cuando dejo de oírlas, arrojo el ratón que tengo conectado al portátil contra la mesa y me deslizo hacia atrás con las ruedecitas de la silla, que emiten un chirrido agónico, como si acabase de pisar un ratón de los de verdad. Calculo que para llegar a pagar todos los gastos que tenemos entre Horacio, yo, los niños, la casa, el gas, el agua, la luz, internet, la comida no solo no debería comprarme más vaqueros, sino que además deberíamos ingresar mil euros más entre los dos, y no sé de dónde van a salir.

Día 33. No compro cosas envasadas en bandejas de poliestireno

Los niños juegan a escribir su nombre con las letras de la sopa en el borde del plato. Pequeño aún no sabe escribir y coloca indistintamente números y letras con sus deditos cortos y patosos.

—Siempre me habían hecho creer que mi trabajo servía para vender cosas que mejorarían la vida de la gente, y después de todos estos años la vida de la gente está más jodida que nunca.

—¿Qué quiere decir *jodida*, mamá?

—Nada. Comé —dice su padre dirigiéndome una mirada acusatoria.

Tiene razón, debería decir «perjudicada». No usar ese tipo de lenguaje delante de los niños. La gente está perjudicada. Pero la gente perjudicada siempre estaría un poco mejor que la gente jodida. Y lo que yo quiero decir es que todo se hunde.

—Se te está enfriando la sopa. —Toco con el extremo del dedo meñique la superficie tibia de su caldo y asiento. Ha echado demasiados cubitos de hielo para enfriarla y ahora flotan como pequeños icebergs en un mar alfanumérico. En el borde de mi plato voy apartando letras con la cuchara hasta crear la palabra Titanic.

—Si no sos feliz en el laburo, tomátelas.

—No es tan fácil.

—Yo lo he hecho.

—Claro, y esa es la razón por la que yo no puedo dejar el mío ahora mismo.

—Podrías haberlo dejado hace tiempo, pero en el fondo tenés miedo.

—¿Miedo? No tengo miedo. ¿De qué debería tener miedo? Miedo... —digo como en joda. Joder, no debería decir más esta palabra..

Pero el *miedo*, esa otra palabra, queda flotando encima de nuestros platos. Me doy cuenta de que Horacio tiene una *O* pegada en la comisura de los labios. Como si fuese el eco que resuena en mi cabeza.

Día 37. No compro un aspirador de esos que van solos

Retrocedo de nuevo hacia el salón y entonces la veo, como un familiar expuesto en su caja de muerto. Ahí está, apoyada en el rincón, junto al estante de libros. Dejo en el suelo la ropa sucia y los juguetes de los niños que llevo en los brazos y paso la mano por la funda. En la parte frontal, los colores de la tela de cuadros escoceses están algo más desgastados. La primera vez que follamos, la guitarra ya estaba ahí. El testimonio, a veces mudo, a veces atronador, de nuestra vida. Horacio solía cantarme a la hora del café, poniendo los pies descalzos sobre la mesa y apoyando la guitarra en el regazo. Después tuvimos hijos. Después, tantas cosas. Incluso así, muda, puedo oír el eco de sus cuerdas en su interior. Horacio solía llevar las uñas largas, entonces. Cuando me acariciaba la espalda, notaba su roce de gato.

Día 38. No me depilo las axilas

Llaman otra vez. Siempre llaman a estas horas, o cuando estamos cenando o cuando acabo de acostar a los niños, ofreciendo smartphones y fibra y tarifas más baratas, repitiéndome los mismos mensajes que han sido pensados, redactados y vomitados en agencias como la mía. Cojo el móvil de la mesilla y, sin mirar el número, porque ya sé de quién se trata, cuelgo sin remordimientos. Regreso a la sala y veo el forro polar de Horacio abandonado encima de una silla. Lo agarro y me lo pongo. Compruebo la diferencia de volumen de mi cuerpo respecto al suyo. Me doblo las mangas y me abrocho la cremallera. Él aparece por el pasillo con el pelo mojado peinado hacia atrás de modo que le empapa los hombros de la camiseta. Hace mucho que no se lo corta. Parece Jesús.

—¿Tenés frío?

—Sí, ¿tú no? —digo señalando sus brazos desnudos. La camiseta negra de manga corta.

—¿Bajaste otra vez el termostato?

—¿Sales? —le digo, esquivando su pregunta con otra pregunta.

—Un rato.

Veo que lleva la guitarra en una mano. La deja un momento en el suelo para agarrar de la bandeja del mueble de la entrada un montón de objetos que se va metiendo en los bolsillos: llaves, monedas, la cartera..., pero yo sigo mirando la funda desgastada.

—¿Tiene algo que ver con la banda?

—¿La banda? —repite él con aire despistado. Parece que busque algo dentro de la cartera. Saca de ella papelitos arrugados, recibos, comprobantes de compra, que reduce a pequeñas bolitas, y las va dejando en la bandeja.

—Virmana. —Era una juego de sílabas de Nirvana, pero también tenía la sonoridad de un país de selvas frondosas, olor a lluvia y templos milenarios.

Hace un gesto como de encogerse de hombros. Noto la densidad de su silencio, como una masa blanca y viscosa.

De repente pienso qué pasaría si pensase en algo rápido para que se quedase, como en esos libros de «Elige tu propia aventura» en los que una respuesta u otra te llevaba a dos finales muy diferentes. Pero solo se me ocurre esto: desabrocharme el forro polar, con la intención de seguir quitándome prendas, a pesar del frío, a pesar de la hipotermia. Él me detiene. Mis brazos desnudos se estremecen ligeramente.

—No, quedátelo vos.

«En realidad no es para que te lo pongas». Pienso que no he sido lo bastante sugerente en mi forma de desabrocharme. A lo mejor debería haber insinuado un hombro desnudo. Haber puesto «Glory Box» de Portishead de fondo. He perdido la práctica.

Miro sus brazos desnudos, cómo se estiran hacia el colgador para agarrar la cazadora y se meten dentro de las mangas de cuero negro, viejo y agrietado. Cuando lo conocí pensé: «Estos bíceps me sacarán de todas las penalidades de la vida». Pero una mujer tiene que aprender a apañárselas. Una tiene que estar preparada para afrontar los elementos aunque sea con un forro polar de hombre lleno de manchas de la cena de los niños, que ahora me vuelvo a poner con gesto de derrota. Mientras meto los brazos por las mangas trato de recordar cuál fue la última vez que me depilé las axilas. Mi aspecto de superviviente de un campo de refugiados. Y por un momento me imagino a la autora japonesa sentada en el extremo de mi sofá —la que no tiene manchas, ni restos de cereales, ni piezas de Lego— recordándome, mientras se alisa su falda pulcra y decorosa de niña pequeña, que hay que estar espléndida, incluso en el ámbito doméstico, porque eso se contagia a todos los rincones de la vida. Pienso en mis rincones, los más oscuros.

Horacio se saca el cabello mojado que ha quedado apresado bajo el cuello de la cazadora, se agacha para coger la guitarra y se dirige a la puerta consultando las notificaciones del móvil. Aprovechando que no me ve, meto la mano por dentro de la cinturilla del pantalón para rascarme ahí, en el punto donde noto el tacto de erizo de mi vello, que está creciendo de nuevo.

De repente, se gira.

Saco rápidamente la mano.

—¿Qué hacés?

—Nada —respondo a la defensiva.

—Che, ¿no me dejás algo de guita?

—Sí, espera.

Mientras me alejo a buscar el bolso, oigo que me pregunta:

—¿Seguro que no querés que me quede?

Sería el momento, pienso; podría bajarme los pantalones, podría hacerle notar la superficie de papel de lija de mi coño. Pero hago las cosas como hay que hacerlas: coger el bolso, sacar la cartera, darle cincuenta euros.

—¡Joya!

Me da un beso y se dirige de nuevo a la puerta siguiendo una línea del parqué paralela a la mía. Imagino estas líneas proyectándose más allá del descansillo, de la calle, de la ciudad, del infinito, la imposibilidad matemática de que nunca lleguen a encontrarse. Lo único que pueden hacer es avanzar la una al lado de la otra.

Día 42. No compro revistas de decoración de casas que nunca podré tener

Lleva cinco días sin parar de llover. Y hace frío, mucho frío, que se cuela a través de los ajados marcos de madera de los ventanales. Me acuerdo de cuando alquilamos esta planta baja, lo que nos gustaron esos marcos precisamente por ser viejos, por su capa de pintura turquesa toda descascarillada que le daba un aire bohemio y parisino. Ahí estábamos nosotros, con nuestras nóminas, nuestros contratos fijos, nuestras tarjetas corporativas con tipografías elegantes, agarrándonos las manos y diciendo: «¡Qué romántico!». Nunca pensamos: «¡Qué frío de morirse!». Habría que haber puesto doble cristal, cambiar la madera por PVC, que es más aislante. Pero nosotros no queríamos ser ese tipo de gente.

La que piensa en una vida confortable.

Cuando tapamos las manchas de humedad, salen por otro lado.

A veces juego a imaginarme que son caras de monstruos. Si sonríe, pasará algo bueno. Si está enfadado, algo malo.

Una vez me pareció ver a la Virgen María. Desconocía si eso significaba que pasaría algo bueno o algo malo.

—A lo mejor podríamos mudarnos, buscar un alquiler más barato —digo mientras recojo mis cosas para ir a trabajar.

Horacio mira la lluvia a través del gran ventanal de la sala, que da al patio de luz. Las gotas van metiéndose entre las grietas de la madera, pudriéndola cada vez más. Él no contesta, él sigue mirando el patio, un recuadro oscuro donde siempre caen chismes de los vecinos: pinzas de la ropa partidas por la mitad, colillas, calcetines desparejados, como si fuese lo único que no podemos perder. «Patio con mil posibilidades», decía el anuncio. Nosotros también lo éramos: la pareja con mil posibilidades, los creativos de éxito. Y ahora no sé qué somos. Estamos llenos de grietas por donde también se cuela la lluvia, el enorme vacío del espacio.

Día 46. No compro actualizaciones de nada

Otra vez se me ha salido la leche del cazo y se ha derramado por toda la vitrocerámica. Cuando estoy diez minutos mirando fijamente el cazo, no pasa nada, pero en cuanto me distraigo un momento, hierve de golpe.

—Relajate, dale, sentate y relajate —dice Horacio, apartándome del lugar de la catástrofe.

—Tengo que limpiarlo antes de que salga la costra marrón...

—Dejá. —Él me quiere tranquilizar, pero su voz suena como las indicaciones del GPS cuando vas por una carretera que aún no aparece en la última actualización de los mapas. Pongo lo que queda de leche en las tacitas de los niños. Observo el tamaño de los utensilios y el tamaño de los que usamos nosotros como en ese cuento de los tres ositos.

—Podrías trabajar de diseñador gráfico, en casa, mientras cuidas de Pequeño... —le digo—. ¡Niños, a desayunar!

—Hay una bocha de diseñadores gráficos, ¿sabés? Todos los que se quedan en el paro se hacen diseñadores gráficos.

Coge el móvil y empieza a mirar Facebook. Yo le hago ese gesto, como diciendo: «Estamos en la mesa», como diciendo: «Los niños», como diciendo: «Estoy hasta los ovarios del móvil y de la puta industria de las telecomunicaciones», pero en realidad estoy hasta los ovarios de todo. Él suspira y apaga el móvil y lo deja al lado de su taza.

Horacio dedica una parte de su día a dar *likes* a posts de la gente, cosa que yo no hago nunca y que él me recrimina. «La gente». Habla así de la gente, como si tuviésemos que ser amables todo el tiempo, y a mí hay algo en esto de tener que ser amable porque sí, porque toca, porque hay que hacerlo, que me molesta terriblemente, como esas etiquetas demasiado largas de los jerséis.

—No pienso volver a tener uno de estos laburos del orto.

Y no sé a qué se refiere con «laburos del orto», si a un trabajo de diseñador, si a un trabajo dedicado a fomentar la sociedad de consumo, si a un trabajo por el que te pagan... Pero enseguida pasos pequeños que llegan, taburetes, risas me distraen de mis pensamientos

—No crezcáis, es una trampa —les digo mientras los ayudo a treparse a los taburetes de la cocina.

Día 52. No compro zapatos que no sirven
para caminar

Han colgado un montón de carteles por la ciudad que dicen: «Hazte emprendedor». Están en el metro, en las paradas de autobús
y en los autobuses mismos, y también camino del parque. Finjo
que no los veo, que presto la suficiente atención a los niños,
a Pequeño que llevo en el cochecito y que no para de quejarse
porque quiere bajar, y a Mayor, que va chutando el balón, re-
zando para que no se le escape a la carretera y él se ponga a correr tras él. Pero es imposible ignorarlos. En ellos sale un hombre que tendrá la edad de Horacio, con incipientes entradas, se
supone que es cervecero. Se suponen muchas otras cosas viendo
la foto, como que ese mismo tipo habrá llegado a los cuarenta,
habrá tenido una crisis, se habrá preguntado qué hace con su
vida y, como le gusta tanto la cerveza, pues se le habrá ocurrido
montar una fábrica artesanal de cervezas. ¿Y cómo lo ha hecho?
Pues se supone, viendo la foto y el titular que dice: «Hazte emprendedor», así, en casi imperativo, que este señor ha ido al organismo público que paga los carteles y ahí lo han atendido, lo
han asesorado, han escuchado su idea, que les ha parecido feno-
menal, y le han dado ayudas, créditos a fondo perdido, subven-
ciones, respaldo empresarial, lo que sea, y así, además, contribu-
yen a bajar las cifras del paro, a crear empleo y a generar un clima
de optimismo económico.

Pero luego me fijo bien y el tipo de la foto viste un ridículo
peto vaquero.

En todas partes acaba asomando la trampa. Un peto vaquero, ¿qué credibilidad da eso? ¿Cuántos hombres a los cuarenta
visten con un peto vaquero? Un mono de trabajo para cargar
con toneladas de malta, sí, pero ¿un peto vaquero?

Me imagino a los subnormales de la productora el día de la sesión de fotos, sugiriendo: «Algo que parezca para trabajar pero que sea cool».

Me imagino a un estilista pasado de Valium y fan de *Sexo en Nueva York*.

Me imagino a Horacio yendo a las oficinas de «Hazte emprendedor» a pedir esas ayudas o lo que sea y al funcionario diciendo entre risas: «Otro pringado que se ha creído lo de las ayudas del tipo disfrazado de Laura Ingalls y que no se ha dado cuenta de que se acercan las elecciones».

Y me acuerdo de esa vez, cuando en los textos legales para los anuncios de nuevos planes de telefonía cambié el número de atención al cliente por el de un ex a quien odiaba y nadie de la compañía se dio cuenta.

Que no sé qué relación tiene con todo esto, pero necesito volver a centrarme en los niños y en el cochecito y en el balón y en los coches que se saltan los pasos de cebra.

Día 53. No compro desodorante con aroma de brisa marina

La caldera se ha estropeado otra vez.

Es curioso, se estropea solo el día siguiente al que Horacio ha salido a tocar y ha vuelto tardísimo y no hay ninguna posibilidad de que esté suficientemente despierto para poder encargarse.

Porque ahora sale a tocar, por las noches, ya se puede decir así, en general. No es una anécdota puntual.

Y es en estos días en que vuelve tan tarde cuando la caldera se estropea. Como hoy.

Alguien me diría que no es tan así, que es casualidad; alguien me hablaría de mi enojo, de las interrelaciones, los sistemas complejos, de la teoría del caos y el efecto mariposa, de la física cuántica.

El hecho es que esta mañana la caldera funciona solo a temperaturas extremas. O me hiervo o me hielo. Estoy en albornoz, sentada en el váter mirando la pantalla de inicio del móvil, su perfecta disposición de iconos. «Soy una mujer suficientemente capacitada para solucionarlo», pensaba hace un rato. Pero acabo de llamar al servicio técnico y la voz de un contestador me ha dicho que llame en horario de oficina. El horario de oficina empieza a las diez. Son las seis y media de la madrugada. Falta una vida entera. Podría ir a la oficina sin ducharme, podría ponerme doble dosis de desodorante, aunque ya no uso el desodorante común en espray con aroma a brisa marina, sino una especie de piedra blanca de alumbre de roca que no huele a nada, de tacto helado y seco, de la que dudo que pueda duplicar los efectos haciéndome dobles pasadas por la axila.

La caldera ya vinieron a arreglarla. Un técnico con una maleta llena fue vaciando la máquina de piezas viejas que guardé en el cajón donde voy metiendo todo lo que no sé para qué sirve. Me dijo: «Ya debería funcionar». «Debería». Modo condicional ¿Condicionado a qué, debería funcionar? Quiero que venga ahora este técnico con su «debería» y se meta bajo esta ducha y se hiele y se hierva a partes iguales. Nos alertan sobre abrir la puerta a técnicos del gas no cualificados porque podrían robarnos cuando en realidad ya nos están robando sus técnicos. Nos están robando sus técnicos y la compañía hidroeléctrica en su totalidad.

Me levanto del váter y me dirijo al salón. Desde el cristal del patio de luces observo, impotente, la caldera. Su lucecita naranja parpadeando. Ojalá tuviese un bate de béisbol.

«No es grave, che, hay cosas peores», diría Horacio si ahora se levantase, con los ojos entreabiertos. Y me deslizaría la mano por debajo del albornoz y la sacaría con este intenso olor a coño.

Recogete el pelo.

Ponete perfume.

Escogé un bonito vestido.

Pero lo que necesito no es eso, consejos, soluciones a medias; lo que necesito es un hombre con una caja de herramientas, un sueldo a final de mes y un trabajo estable y responsable, que llegue a casa y arregle todo lo que está estropeado.

A pesar de la improbabilidad de que yo pueda llegar a encontrar deseable a un hombre así.

Día 57. No compro una escapada a París

París. Se pronuncia así, suspirando, deslizando el aire entre el espacio de los dos incisivos como si fuera Vanessa Paradis. Miro las fotografías que aparecen en Google. El primer año que trabajé aquí, la oficina me envió como representante al *pitch*, el encuentro de creativos que organiza anualmente la central francesa. Era la única de la oficina que podía realizar una presentación en francés. Y además todavía no se me notaba mucho la barriga, llevaba camisas vaqueras por fuera, jerséis holgados de algodón. Era una empleada con perspectivas optimistas que aún no había sido desahuciada.

Pienso Madrid. Pienso París. Pienso en las diferencias evidentes. La fealdad. La belleza. Alguien en París me diría: «Tú tienes el clima, la cerveza, el fútbol...; tú no te has colgado del techo con el cable del teléfono». Siempre nos parece mejor lo que no tenemos. Pero es que si no me quejo y me voy al sofá con el libro de Horacio sobre *El poder del ahora* y digo que la historia va de aceptar, se acabó. Me convertiré en un piloto automático de mí misma. Miro en las fotografías lo bonito que es el canal Saint Martin. En París, cuando todo va mal, siempre puedes ir al canal Saint Martin y contemplar su belleza. En Madrid no hay lugares así de bonitos. Y si los hay, están llenos de botellas de plástico, pajitas, colillas y preservativos usados. En Madrid no hay sauces llorones cuyas ramas cosquillean el agua, no hay embarcaciones pasando mientras las compuertas se abren y se cierran y por un instante una se cree Amélie contemplando la luz del atardecer. Verano, trozos de cielo como papelitos azules cortados por Matisse, gente sentada a centímetros del agua besándose con los ojos cerrados como si la posibilidad de ahogarse no significase un final, sino una salida.

Ahora París no sería una solución.

Pienso en qué pasaría si tachase París de mi lista imaginaria de lugares maravillosos donde vivir y escribiese «campo».

Dejarlo todo e irnos a vivir al campo. Hay gente que lo hace, lo leo a menudo en el suplemento dominical del periódico, pero hasta qué punto es verdad, hasta qué punto ese campo no lo ha heredado de unos abuelos, hasta qué punto no tiene unos padres que le pasan dinero todos los meses, hasta qué punto esa gente necesita trabajar para vivir, hasta qué punto esa gente es feliz o lo único que ha hecho es trasladar su infelicidad con las cajas de la mudanza a un lugar con vistas a unos campos de almendros.

Día 59. No compro suavizante para la ropa

Horacio duerme a mi lado. Tendría que cambiar las sábanas. Tendría que escribir algo que me permitiese ganar un maldito concurso literario. Tendría que agarrar el bolígrafo negro y la libreta que guardo siempre en el primer cajón de la mesilla de noche, por si acaso, como un extintor en caso de incendio, pero en el fondo pienso cuánto tiempo malgastado, pienso otra desilusión más, pienso hasta qué punto, pienso qué necesidad, pienso ya es tarde, vete a dormir, mañana tendrías que cambiar las sábanas y los concursos literarios están todos amañados o los ganan chicas de veinte años que aún conservan intacta la ilusión por las cosas, la fe en un futuro mejor.

Día 64. No compro pantalones nuevos para los niños

Plancho con cuidado las rodilleras en los pantalones de deporte agujereados de mis hijos. Horacio me dice, hastiado, chasqueando la lengua: «Cómprales ropa nueva». Yo le hablo de la obsolescencia programada de la ropa, que dejan siempre un hilo suelto para que el tejido se vaya deshilachando, de un complot para diseñar pantalones para niños que no resistan ni un partido de fútbol, de las mentiras sobre las marcas buenas prometiendo a mis hijos triunfo, olimpiadas, éxito, de negarme a caer en eso, de mi proyecto de desobediencia consumista.

Y él suspira y se va a tomar un Espidifen.

Día 67. No compro entradas para el Reina Sofía;
voy a las siete de la tarde, que es gratis, con mi amiga Kat

En el trabajo nos animan a ver exposiciones, a ir a galerías de arte, al cine, al teatro, a la proyección de documentales en la filmoteca. Nos dicen que necesitamos expandir el cerebro, generar la materia prima de donde saldrán más tarde las ideas.

Luego nos dicen: «No puedes salir antes que Ellos».

Ellos nunca salen antes de las nueve de la noche.

Ellos calculan la hora en la que sus parejas bañan a los niños, dan la cena a los niños, acuestan a los niños. Y a veces tampoco se van a esa hora. A veces encargan pizza y se la comen en el despacho, así la paga la empresa.

Después dicen: «Si hay que mostrar a alguien poniendo el lavavajillas en el anuncio, haciendo las tareas pesadas del hogar, que sea un hombre, así reflejamos la realidad, la igualdad, el reparto justo de las tareas domésticas».

—Si te fijas, hoy, a diferencia del siglo pasado, hay pocos artistas pobres —le digo a mi amiga Kat, que está tan cerca del lienzo que parece que intente dividirlo en partículas subatómicas—, o sea, no hay ningún artista que hable de su pasado matándose a trabajar como camarero o cajero del Mercadona para llegar a fin de mes y poder pagarse el material y el alquiler de una habitación en Entrevías.

—¿Por qué no puedes simplemente disfrutar de la exposición? —me dice ella, alejándose caminando hacia atrás con las grandes zancadas que le permiten sus largas piernas.

—«Crea», nos dicen, «libérate», como para hacer algo revolucionario, pero en el fondo la mayoría de los artistas son hijos de empresarios que no han visto las sucias costuras del proletariado en su vida.

—¿«Sucias costuras del proletariado»? ¿De dónde has sacado eso?

Kat se acerca ahora al siguiente lienzo y pasa la mano por encima. Por un momento temo que aparezca el vigilante y le diga algo, pero no veo a ninguno por la sala, y si lo hubiera, seguro que el imponente físico de valquiria nórdica de Kat y sus ojos oscuros como la noche lo dejarían incapacitado para articular ningún tipo de frase coherente.

—Está tejido.

—¿Tejido? —Agarro el folleto que me han dado en la entrada y lo abro.

—Sí. Qué pasada, de lejos parece pintado. Es un curro de la hostia hacer esto.

—Sí, pero no lo tejió él... —leo—:, Joël Andrianonosequé; aquí pone que lo mandó coser a unas bordadoras de Madagascar. Él dice esta es mi obra artística y lo que hacen las mujeres solo es artesanía, trabajo manual sin importancia, por eso no aparecen sus nombres.

—¿Todo eso lo pone en el folleto?

—No, eso lo digo yo. Es como lo de los niños paquistanís cosiendo balones de fútbol.

Kat aprovecha la ausencia del vigilante para hacer una postura de yoga, gozando de la amplitud de la sala, que se llama «perro boca abajo». Oigo su espalda crujir, alargándose.

—Para eso sirven las mujeres, en el arte, para ser usadas. ¿Sabes cuántas pintoras hay expuestas en el Prado?

—Pues no, ¿cincuenta?, ¿treinta y dos?, no sé.

—Cuatro.

Mi amiga levanta ahora una pierna, luego la otra, y en una especie de prodigio antigravitatorio se pone a hacer el pino en medio de la sala. La falda del vestido cae y le tapa la cara. La licra azul de las medias es del mismo azul que el hilo de los lienzos.

—Las mujeres tenemos que conseguir hacer esto.

—¿Sirsasana? —dice su voz a través de la tela, como un fantasma.

—Ponerlo todo patas arriba.

Doblo el folleto en ocho partes y lo guardo en el bolsillo del vaquero. Tomo impulso y apoyo las manos en el suelo dando un salto para levantar ambas piernas, pero lo hago con tanto ímpetu que pierdo el equilibrio y caigo de espaldas. Un ligero temblor, como un miniterremoto, agita la sala entera, haciendo que por un momento tiemblen los cuadros contra las paredes. Y pienso si en el otro lado del planeta no se agitarán también las almas de las bordadoras.

—¡Señoritas! —grita una voz detrás de nosotras.

Y arrancamos a correr cruzando la sala, escapando hacia la puerta de salida, riéndonos a carcajadas.

Dicen que de las exposiciones uno sale siendo mejor persona, pero a mí el arte contemporáneo solo me provoca ganas de hacerme terrorista.

Día 71. No compro nueces sin la cáscara

Golpeo de nuevo la grapadora contra la nuez, pero lo único que consigo es que esta salga disparada hacia el rincón más alejado de la oficina. A mi alrededor, retirándose los auriculares de las orejas, las compañeras me dicen: «Shhhh».

«A veces no quieren que te expandas —pienso—. En el fondo quieren que te hagas pequeña e insignificante como una bordadora anónima».

Y también pienso en el cuadro de Munch, como si estuviese encerrada en él. Como si fuese una mujer con la boca abierta para gritar pero sin que le salga ningún sonido.

«Hay gente que está peor».

«Al menos tú tienes un trabajo».

«Al menos tú tienes una pareja que está en el paro pero no es alcohólico ni te maltrata».

Y sin embargo, las ganas de explotar, como el cielo noruego rojo y amarillo del cuadro. Pero finjo que no pasa nada, que tienen razón, que hay cosas peores, amputaciones, guerras, niños desaparecidos, ablaciones, y así puedo estar otro día más aquí sentada sin hacer nada, pegándoles hostias a las nueces. Porque en el fondo del cuadro, si uno se fija bien, hay un valle, un fiordo y un mar donde flotan un par de barcas tranquilas. Basta con encontrar mi par de barcas amarillas, como cascaritas de nuez vacías en un charco de lluvia.

Día 76. No hago ruido

Me acerco de puntillas por el pasillo a la habitación de los niños. Horacio está tocando unos acordes de guitarra y les canta, en voz baja. Me apoyo en el quicio de la puerta, sin que me vean. Me deslizo con la espalda pegada a la pared hasta quedar sentada en el suelo. Cierro los ojos. Imagino que tengo veintisiete años y que está tocando para mí. Ya no estoy en esta casa, sino en el piso de Gracia, donde se escapaba a verme cada vez que iba a tocar a Barcelona. Reconozco los acordes de «Polly», de Kurt Cobain, pero en la versión argentina de Horacio, Polly es una perra que quiere una galleta en vez de una niña secuestrada y violada.

De repente, Pequeño me ve y se escabulle reptando de su cama hasta donde estoy yo. Paso mi mano por la tela sintética y desgastada de su disfraz de Batman.

—¿No te ha puesto el pijama papá?

Él niega con la cabeza y la apoya contra mi pecho.

En cierto modo, sí extraño a ese Horacio que conocí, las historias que me contaba sobre su ascendencia soriana, las migraciones de abuelos y bisabuelos cruzando el mar en idas y venidas. Pero no, no es exactamente eso lo que echo de menos, me doy cuenta cuando abrazo fuerte a Pequeño. Lo que echo de menos no es al Horacio de antes, sino a la mujer que era yo cuando él me conoció. La chica que escribía todas las noches, tumbada en el suelo, en una libreta de tapas negras, pensando soy Anaïs Nin, soy Sylvia Plath, soy Alejandra Pizarnik, pensando ellas sí me representan, pensando ellas hablan de todo esto, de la sangre, de las náuseas, de cosas afiladas.

Primavera

Día 77. No cuido mis uñas

La frustración en el trabajo es como una metástasis que lo contagia todo. Hace que intentar escribir sea como cavar la tumba de un perro muerto con las manos una noche de tormenta.

Día 82. No compro esencias florales

No sé quién es toda esta gente.

Horacio está en el patio de luces. Tiene las manos en alto, ensangrentadas, y unos finos hilillos rojos le bajan por los antebrazos, metiéndosele por dentro de las mangas dobladas de su camisa.

«Che, tenemos que inaugurar la primavera», me ha dicho esta mañana cuando ha entrado con una caja que ha rasgado con el cuchillo afilado de cortar el jamón. Después ha sacado un montón de piezas de hierro y tornillos y las ha ido montando hasta convertirlas en una parrilla.

—¿Cuántos asados de tira y cuántos bifes? Flaca, ¿querés un choripán?

El acento argentino de Horacio, la forma de cantar las sílabas finales, se intensifica cuando está cerca de la carne. Cuando está cerca de la carne y cuando está cerca de mi coño. Que es carne, al fin y al cabo. Y a mí me pone tan caliente cuando habla en argentino que ahora mismo quiero que toda esa gente se vaya y echemos un polvo rápido de pie en el patio de luces, el eco de nuestros gemidos elevándose hacia el cuadrado azul de cielo.

—¿Quién es toda esta gente, Horacio? ¿Qué dirán los vecinos del humo de la parrilla? Avisarán a la poli. No creo que esté permitido hacer fuego en los patios de luces.

—Los vecinos están todos acá, amor, los invité. Dale, serviles un poco de vino.

Los apenas seis metros cuadrados de patio no son suficientes para acoger a todos, así que los invitados han ido colonizando la casa, metiéndose en todas las habitaciones.

Entro y paseo entre la gente con una botella de vino en alto, rellenando las copas que me acercan. Fuera, Horacio me lanza un beso al aire. El pelo le cae hacia delante formando una cortina de color castaño claro ante su cara. Una cortina que ahora se acerca demasiado a las brasas. Al fuego.

Él dice que sería una buena guionista de películas de catástrofes.

Puede que tenga razón. Porque en la oficina, ahí donde los compañeros de trabajo solo ven un guion para hacer que la gente se cambie el móvil, yo visualizo los vertederos ilegales de Ghana, llenos de móviles viejos, y cómo sus habitantes fallecen por la contaminación de plomo y cadmio.

—¿Merlot? —digo a un par de invitados, y ellos me tienden su copa, sonrientes.

Yo digo «merlot» por decir algo. Porque es una palabra que, cuando la pronuncias, automáticamente te convierte en alguien interesante. No es merlot. Las botellas las pillé en el Lidl, de oferta, a dos euros cada una. A la tercera copa no parece tan mediocre. Cada vez que sirvo una copa brindan conmigo, me dicen «Mira a los ojos, hay que mirarse a los ojos». A mí eso me pone de los nervios. Dicen que si no, tendrás siete años de mal sexo, que seguramente es mucho más de lo que podrían aspirar a tener la mayoría de las parejas que están hoy aquí, con pinta de tener una vida sexual más bien árida. Entre parejas de mediana edad, señoras con batas de estampados florales y la pareja de abuelas lesbianas del tercero primera, hay unos cuantos hípsters con tupés, cabello afeitado en las sienes, barbas largas y cuidadas y sudaderas de colores fluorescentes, sin duda publicistas y, supongo, excompañeros de trabajo de Horacio. También hay unos cuantos niños de la edad de nuestros hijos que corretean entre la gente bebiéndose los posos de los vasos de cerveza abandonados por los adultos en la mesita baja de la sala.

«Tendría que ir a servirles los macarrones a los niños —pienso—. Mientras comen están quietos».

Pero entonces me parece distinguir dos caras conocidas al fondo del salón. Dos caras del pasado. ¿Hace cuánto de la última vez que los vi? ¿Más de diez años? Las dos caras están hablando entre sí y no parecen relacionarse con los demás, ni con los de mediana edad ni con los hípsters. Me doy cuenta de que todos estos años han pasado por sus cuerpos como un ejército, como una guerra, como una nube de gas corrosivo. Me dirijo hacia ellos, empuñando el falso merlot. Me ofrecen sus copas sin mirarme, sin reconocerme. O quizá sí, quizá sí me reconocen pero disimulan, porque no saben hasta qué punto yo sé algo, o no, o lo supongo, o no, u Horacio me ha contado algo, o no. Pero si están aquí, es evidente que están para algo y que los vecinos, y las abuelas lesbianas, y los hípsters, y las batas de flores son una cortina de humo para ocultar de qué va esto realmente.

Una especie de celebración.

Retrocedo y salgo al patio, donde está Horacio.

—Los trocitos de bife de este lado están menos hechos, si querés.

—¿Qué hacen los músicos aquí? —le pregunto.

—¿Los músicos?

—Los de tu antigua banda —le señalo con la mano en la que llevo la botella el interior de la casa, el fondo de la sala. Pero ahora ya no veo las caras conocidas. Me acerco a la puerta del patio para que la luz del sol no me deslumbre. Nada. Ni rastro.

Cuando me vuelvo a girar hacia Horacio, veo que está atendiendo a un par de invitados que le están preguntando si no tendría unas hamburguesas de seitán.

Horacio me mira fugazmente y gesticula con la boca algo parecido a: «Re-la-cio-na-te».

Doy un trago de falso merlot directamente de la botella y regreso al salón, camuflándome entre los invitados, fingiendo que soy una de ellos, porque yo también soy publicista, pero hay algo que no va. Es algo agónico que desprendo.

—Una vez trabajé para una marca de ropa interior que nos obligaba a borrar con Photoshop los pezones de las modelos —les cuento, alzando la voz para que me oigan todos. A los invitados les da lo mismo, siguen con sus conversaciones, con sus trocitos sangrientos de carne, sus copas de vino, sin darse cuenta de la monstruosidad.

Día 84. No es un color, es la ausencia de color

Se nota que es primavera en la ropa que las compañeras de trabajo pasean de un lado a otro de la oficina. Americanas rojas con puños que, si les dan la vuelta, dejan a la vista un forro de rayitas de colores, vestidos de flores con volantes, camisas chillonas cuyos estampados recuerdan a los armarios lacados chinos, blusas de seda en tonos pastel; ropa, en definitiva, que aspira a promociones de categoría, asistencia a reuniones y presentaciones con los jefes de la compañía, comidas de empresa en restaurantes de estrella Michelin y premios de Cannes.

Compran ropa nueva porque tienen fe en el futuro, porque creen que todo mejorará; yo, en cambio, pienso en los años que vendrán como una realidad distópica y salvaje que me escupe hacia fuera.

Por eso sigo llevando la misma chaqueta negra de hace seis años, con la que ahora me iré a comprar un brócoli para la cena, con puños en los que, si les doy la vuelta, no asoma nada más que un ejército diminuto de pelotillas.

Día 88. No compro tés que contengan más de un solo ingrediente en la etiqueta

—¿Así que a vosotros tampoco os han invitado al cumpleaños? —me pregunta una de las madres de la escuela de Mayor a las que he convocado esta tarde a merendar, mientras agarra otro mixto de jamón y queso de la bandeja.

Muevo la cabeza afirmativamente. Las demás madres también asienten, cómplices y comprensivas.

—No sabía que el castillo de Chinchón lo alquilasen para fiestas infantiles. —Compruebo con la punta de los labios que el té sigue a una temperatura muy superior a la tolerable por mi organismo.

—No lo han alquilado, es suyo —añade otra madre asomándose por la cocina y con una caja de té en la mano—. ¿No tienes nada sin teína? ¿Roiboos? ¿Chai?

—Solo manzanilla.

—Ah —responde ella un poco decepcionada, y vuelve a la cocina, buscando dios sabe qué.

Otra madre, doblando una servilleta de papel sobre sí misma, haciendo cuadraditos cada vez más pequeños, comenta:

—Me han contado que llevarían dos camiones de nieve artificial para recrear el ambiente de *Frozen*.

—¿No podían limitarse a utilizar confeti blanco? —dice una mirando el contenido de una jarrita de leche que hay en la bandeja—. ¿Tiene lactosa?

Oigo un ruido en la cocina, como de algo metálico que cae.

—¿Todo bien? —pregunto alzando la voz.

—Sí —me responde la madre desde la cocina—, no ha sido nada.

Me viene a la cabeza esa latita de latón donde guardé la marihuana, pero no recuerdo dónde la escondí para que no la encontrasen los niños. Aunque a veces las cosas más escondidas son las que ellos más encuentran. De hecho, hace rato que no los oigo. Son seis niños. Deberían hacer ruido.

Un día me dejaron un perro para que lo cuidase. Era un perro pequeño. Se comió todos los cogollos de la planta de marihuana. Lo encontré tendido en el pasillo. Pienso en los pequeños cuerpos de los niños.

—Ahora vuelvo. —Me levanto y me dirijo a la habitación. Compruebo que están todos bien.

—¿Qué hacen? —me pregunta una de las madres cuando regreso al salón.

—Juegan con el Lego.

—Les encanta.

—Sí.

—Es constructivo. Quiero decir de construcción y constructivo a la vez —añade otra.

—*Frozen* está sobrevalorado.

Todas asentimos.

—Se ve que a las niñas les regalaban pelucas; podían elegir si querían la de Elsa o la de Ana —comenta otra.

—¿Y a los niños? —pregunta una.

—Cuernos de reno.

—Ah —respondemos todas.

Durante un rato no se me ocurre nada más que decir.

—Voy a preparar más té —digo, llevándome la tetera vacía.

Se me había ocurrido que estaría bien hacer una reunión alternativa de madres de la escuela pensando: «Pondremos Nirvana, beberemos tequila, bailaremos descalzas y nos dedicaremos a criticar la fiesta ñoña de cumpleaños a la que no nos han invitado».

Pero, en cambio, estoy poniendo Coldplay a un volumen adecuado y buscando una maldita leche sin lactosa, un maldito té sin teína.

Es evidente que ninguna de las madres se siente feliz por estar en mi casa y que habrían preferido mil veces estar tomando copas de champán disfrazadas de Elsa o de Ana bajo copos de nieve artificiales, tarareando «Suéltalo, suéltalo». Porque las que estamos hoy aquí, a pesar de ser del grupo de madres de la escuela, no estamos en el grupo adecuado de madres de la escuela. Estamos en la parte más alejada, donde no pasan las cosas importantes. El grupo de las perdedoras. De las excluidas.

Puedo descifrar todo esto en su silencio.

Me gustaría gritarles: «¡Marchaos!».

Me gustaría vivir en un lugar aislado, con un torrente que se inundara con la lluvia e hiciera impracticable el camino hasta casa.

Horacio me dice constantemente: «Relacionate». Y yo le digo que ya tengo a Kat y él me dice que Kat es rara, que eso no es «relacionarse con la gente». Que debo expandir mi entorno social, crear una red, salir.

Me pregunto si de no haber tenido hijos habría escogido a estas madres como amigas o qué tipo de mujeres me habrían escogido a mí.

—¿Habéis visto esas camisas chillonas que imitan los armarios lacados chinos? —dice una cambiando de tema.

Sacan colecciones de temporada y colecciones de entretiempo y colecciones cápsula y colecciones crucero y cada vez las colecciones se van juntando más las unas con las otras para que no podamos hablar de nada más que eso, para que no podamos profundizar en lo que hay debajo, esas partes tan escondidas que solo encuentran los niños.

Día 91. No compro mierdas hidrogenadas

En la oficina, con una galleta mordida. La galleta es cortesía de Ellos. Compran las más baratas del supermercado más barato. Son las que nos merecemos, supongo. «Os merecéis estas galletas porque os valoramos, pero no os valoramos tanto para compraros unas galletas dignas».

Día 92. No compro un diario de páginas en blanco para anotar mi vida

—¿Cuándo me contarás tus planes? —En la oficina no nos permiten hacer llamadas a móviles desde el teléfono fijo de nuestra mesa. Dicen que la llamada sale demasiado cara. Pero en realidad el dinero de la llamada se lo embolsa la misma compañía para la que trabajamos, así que llamo igual.

—En realidad no son planes. Es un enfoque —me contesta él intentando hacerse oír por encima del ruido de fondo.

—¿Un enfoque? ¿A qué te refieres?

Estos son los únicos fragmentos de conversación, si es que se le puede llamar conversación, que podrían ser transcritos, entre niños que gritan, que quieren jugar al escondite, que le cogen el móvil a Horacio y piden hablar conmigo porque papá les ha abierto el plátano por la otra punta y lo quieren abierto por *esta* punta.

Día 93. No tengo Twitter

Parece que la reunión de la campaña de primavera para los nuevos planes de telefonía, que son aún más nuevos que los nuevos planes de telefonía del pasado invierno, porque ahora incluyen más megas y, por lo tanto, son más ilimitados que nunca —como si el término *ilimitado* fuese medible y exponencial—, no ha ido del todo bien.

Los jefes no paran de soltar al equipo creativo palabras como *desmotivados, desganados, desilusionados*, y un montón de cosas que comienzan por *des-*. Que aquí hemos venido a hacer campañas para vender nuevos planes de telefonía y no cine francés.

Que si el mensaje es demasiado elevado.

Que si el cliente no entiende las metáforas.

Que si la poesía no vende.

Pienso en las compañías de telefonía como en el Monsanto de la lingüística. Venden planes de comunicación, pero en el fondo la esencia de la comunicación, que es el lenguaje, se la suda. Les da igual que se vaya deteriorando sin remedio, que los espacios donde escribir se hagan más y más pequeños y banales, obviando las estructuras, la gramática, la ortografía y las normas básicas de puntuación, arrasando con la riqueza idiomática y reduciendo la variedad de vocabulario de cualquier lengua a un grupo de palabras planas y simples hasta que ya no seamos capaces de leer textos más largos de los ciento cuarenta caracteres.

Por eso tengo que apresurarme a escribir, antes de que nuestra capacidad lectora involucione.

Quizá dentro de unos años, no muchos, sea la última persona que quede en la tierra que siga poniendo tildes en los whatsapps.

Día 94. No compro tabaco

Ellos entran en su despacho. Ellos siempre llegan más tarde. Ellos cruzan la oficina mirando el móvil como si fuera la hostia más importante que dar los buenos días. Pero esta vez lo parece de verdad. No se oye el alegre clic clac del mando del Audi.

Entran en su despacho y se pasan la mañana llamando por teléfono.

Yo no tengo nada mejor que hacer.

Pasar el rato.

Ir a calentarme el agua para el cuarto té de la mañana.

Tengo la suerte de no fumar, porque a estas alturas ya me habrían diagnosticado un cáncer terminal.

Día 95. No compro geles íntimos

Rasgo el papel de celofán violeta con topitos blancos que envuelve el tampón. Esta infantilización del hecho de sangrar, de vaciarse.

Me pongo en cuclillas apoyando los pies sobre la taza, tratando de no entrar en contacto con ninguna de las superficies del inodoro de la oficina, que huele a ambientador de melocotón, y empujo con el dedo el trozo de algodón fálico y áspero hacia dentro de mi vagina. Aún podría tener hijos. Aún soy fértil. Sé que me queda muy poco para desaparecer. Hay mujeres a mi edad teniendo el primer hijo.

Madres menopáusicas. Es una nueva categoría de madre.

«Oh, el coste de fertilizaros», se quejan.

Pero cuando decides tener hijos a la edad en la que se supone que los deberías tener, dicen: «Oh, el coste de que os embaracéis, de la baja, de las ausencias para ir al pediatra, de las jornadas reducidas».

Nuestro cuerpo como una cosa en contra del sistema. Nos dan tampones con blanqueantes y desodorizantes para que no vayamos por el mundo soltando sangre coagulada piernas abajo, para que no desprendamos este olor animal de hembra que me queda en las manos manchadas de sangre parduzca después de meterme el tampón y que decido no lavarme, y me dirijo de nuevo a mi mesa de la oficina deslizando los dedos a lo largo de toda la pared blanca, de la puerta de cristal de apertura automática, de la percha con las chaquetas colgadas.

Día 96. No compro talleres de crecimiento personal

—Mi madre organiza un *temazcal* en el Montseny... —dice Kat, y leyendo en voz alta, haciendo deslizar el dedo por la superficie de la tablet, añade—: para mujeres que deseen recuperar su instinto perdido.

Hemos quedado en mi casa. Kat, además de profesora de yoga, es hija de una mexicana que se instaló de joven en Vallgorguina y de un padre danés que las abandonó cuando Kat era pequeña. A menudo me utiliza de conejillo de Indias para practicar posturas nuevas, aunque lo que acabamos haciendo siempre es hablar.

—*Temazcal* significa «casa donde se suda» —me aclara.

Pero es evidente que hoy no hemos venido a sudar. «Es que el yoga es un todo —dice ella—, también es mental», y señala un punto entre sus cejas, ahí donde los hindús se pintan un topo rojo. Si me aprieto fuerte con el dedo un rato, también me sale uno, aunque solo dure unos minutos. Ella chasquea la lengua, como cada vez que no me la tomo en serio, y yo le respondo que vale, que de acuerdo, que me lo cuente.

Me señala una de las fotografías que muestra la imagen algo movida de unas mujeres bailando desnudas entre una nube de humo blanco. A continuación aparece la fotografía de su madre. Viste solo una piel de animal y lleva los cabellos grises larguísimos y sueltos, que contrastan sobre su piel tostada. Sus ojos negros y sobrecogedores, como una noche sin luna, iguales que los de su hija, parecen querer traspasar la pantalla. Kat trata de pasar la foto de largo rápidamente. Sé que le incomoda la desnudez de su madre. Tiene miedo de la parte salvaje y anárquica de la naturaleza: la provisionalidad de los cuerpos, las paredes cortantes de los acantilados, los densos bosques, el ruido de las alimañas nocturnas, la maternidad.

Yo, en cambio, envidio a su madre. Su aspecto de cosa salida de la selva Lacandona de Chiapas. Yo carezco de ese físico. Tengo la piel pálida, el cabello fino y sin cuerpo, de un color demasiado común. Pienso que yo, para conseguir el aspecto de mujer que por fin ha encontrado su instinto, debería tener otro tipo de genética.

Pasando a la siguiente página, Kat sigue leyendo:

—«... buscando el empoderamiento de la mujer, volviendo a habitar el cuerpo, encontrando el centro del que poder irradiar...».

—... el centro DESDE el que poder irradiar...

—¿Qué?

—Creo que debería poner «DESDE el que poder irradiar», no «DEL QUE poder irradiar»...

—No está anunciando un taller de escritura.

—Yo podría escribirle textos mejores. Además, esa palabra, *irradiar...*

—¿Qué le pasa a *irradiar*? ¿También es incorrecta?

—Un ombligo no puede irradiar. Necesitaría desprender luz.

—Es metafórico.

—Mira —digo, levantándome la camiseta y mostrándole mi ombligo, que ya no es un ombligo: es un apéndice extraño, un garbanzo protuberante, como el de los niños africanos que muestran los anuncios de Manos Unidas. Una hernia fruto del segundo embarazo—, ¿tú crees que esto puede desprender algún jodido rayo de luz metafórica?

Pero en realidad no es eso, es mi incapacidad para estar en contacto con pieles ajenas. Los cuerpos de las mujeres desnudas bailando a mi lado. Este tipo de terapia de «toquémonos, abracémonos...» que suelen practicar en retiros como este.

Mi madre, cuando yo lloraba, se sentaba en el extremo opuesta del sofá sujetando con el dedo el punto del libro para no perder la página, me miraba y me decía: «Hay que ser fuertes». Y así fue: construí un muro tan inexpugnable a mi alrededor que ríete tú del de la frontera de México.

—Creo que yo no habito más en mi centro, que vivo más en la periferia —le digo mientras empiezo a enrollar la esterilla de yoga—. ¿Tú vas a ir, Kat?

—No. Lo estaba leyendo por si a ti te interesaba.

Sé que su madre no la ha invitado. Sé que hace tiempo que no se ven, que no se hablan. La madre organiza retiros de mujeres para recuperar el instinto perdido, pero no sabe cómo recuperar a su hija.

—Tengo que ir a buscar a los niños, los he dejado en casa de las abuelas lesbianas del tercero primera.

Sea con el instinto perdido o no.

Día 97. No compro aspirinas

Mis hijos corretean por el parque tratando de subir por la pendiente resbaladiza del tobogán. Una señora con un niño pequeño se acerca y les dice: «Se sube por el otro lado», como si haciendo las cosas «como hay que hacerlas» nos fuese a ir mejor en la vida. Mis dos hijos bajan del tobogán y vienen a sentarse conmigo en el banco. Mayor me cuenta que su hermano se queja de dolor de cabeza. Pequeño señala la gorra de Batman, que forma parte del disfraz de Batman, y que no se quiere quitar ni para dormir. Le quito la gorra, con sus orejas de gato, blandas y puntiagudas, y le cuento que quizá ha encogido. O tal vez es su cabeza, que ha crecido. Que a lo mejor ha llegado la hora de deshacernos del disfraz. Pequeño me mira, afligido, y veo como su lagrimal se empieza a humedecer.

Agarro la gorra y la estiro en direcciones opuestas para que ceda un poco.

—Puedo hacerte una nueva, ¿de acuerdo?

—¿Cómo?

—Cosiéndola.

Debe de haber tutoriales en internet para hacer gorras de Batman. Quizá incluso podría aprender a tejer y hacérsela de punto. Quizá podría hacerme bordadora, como las artesanas de Madagascar. Pero ese tipo de vídeos donde te enseñan a hacer cosas siempre son para diestros, y cuando intento hacer lo mismo con la zurda, nunca me sale nada.

Pequeño se aleja satisfecho. Mayor corre tras él, tomando suficiente impulso para subirse al tobogán por la pendiente, venciendo la pátina deslizante del acero. Ambos ignoran el hecho de que su madre nunca tejerá una gorra de Batman, ni encontrará el instinto perdido, ni sabrá qué hacer con su vida.

Hay gente que se empastilla por mucho menos.

Horacio también se quejaba de dolor de cabeza esta mañana. Yo le he dicho que es por la falta de sueño, por irse a dormir tan tarde; que se tomara una manzanilla y se estirara un rato en el sofá, pero él cree que debería pedir hora con el neurólogo. Su padre murió de un aneurisma. Lo encontraron tendido en uno de los baños del aeropuerto de Buenos Aires justo cuando estaba a punto de coger un avión para irse de vacaciones a Europa, a Soria, a la Laguna Negra, a conocer sus orígenes.

Su padre, un señor serio vestido con ropa seria que trabaja en cosas serias y ahorra en un banco serio, y cuando por fin se decide a hacer una cosa divertida, se muere.

Todos queremos ser ese héroe que llega a la cima, que no desfallece por el camino, que no se conforma con hacer las cosas «como hay que hacerlas». Y no conseguirlo da mucha jaqueca.

Día 98. No soy ese tipo de madre

En el trabajo nos dicen que tenemos que buscar a gente aspiracional en quien inspirarnos para la campaña de los nuevos planes de telefonía de esta primavera. «Fijaos en esas madres blogueras, haciendo galletas de trigo sarraceno, batidos de algarroba y chía, crema de cacao con aceite de coco y aguacate vestidas con ropa impecable de algodón orgánico, madres del siglo XXI, de aspecto sano, joven y radiante. Esa es la mujer a la que hay que mostrar hablando por teléfono y riendo, feliz».

—¿Qué hacés? —pregunta Horacio al entrar en la cocina, distrayéndome de mis cavilaciones.

—Crema de cacao con aguacate y aceite de coco.

Horacio echa un vistazo, escéptico, al contenido del cazo que tengo al baño maría. Es verdad que tiene el aspecto de una pasta grumosa de un color bastante extraño.

—No creo que coman eso. Comprales crema de cacao del súper.

—Mira, hago lo que puedo, ¿de acuerdo? —respondo, airada—. La del súper lleva aceite de palma.

—¿Y qué tiene de malo? ¿Acaso la palma no es un vegetal, como el aguacate?

—Queman orangutanes para plantar la palma. Los queman.

—¡Qué decís!

—Lo dicen estas madres blogueras.

—¿Qué madres?

—Las de la receta.

—Mira, el aceite de coco lo tienen que traer de Tailandia en avión, y el CO_2 también mata orangutanes. Solo son niños, dales comida normal, ¿querés?

Comer normal según Horacio es comer lo que comen los otros niños. Pero *normal* es una palabra engañosa. Es la misma que usan para describir la situación económica de nuestro país, el sistema bancario, nuestra calidad de vida.

Horacio habla de cuando era pequeño, de las estrecheces económicas, de su madre, sola en Argentina sacándolos adelante a él y a su hermano, del corralito comiéndose todo lo que les quedaba, de la Coca-Cola rebajada con agua en los cumpleaños para que durase más. Cuando me quejo de la situación política de este país, él me reprocha, incrédulo: «¿De qué situación política del orto me hablás exactamente? ¿Querés que te cuente yo una situación política del orto?».

—Lo que nos venden como leche, cacao, avellanas y azúcar no es leche, ni cacao, ni avellanas: es azúcar, azúcar, azúcar y mierda hidrogenada. Los dos hemos visto las vísceras de estas marcas, las trampas, las mentiras.

Horacio suspira y se aleja con su móvil a contestar whatsapps. Yo agarro el cazo, con todos sus grumos y su color parduzco, y vierto todo el contenido a la basura.

Pienso que tal vez deberíamos ir todos juntos a buscar el instinto perdido con la madre de Kat: Horacio, yo, las madres blogueras y los fabricantes de productos de alimentación infantil.

Día 99. No necesito descansar

—Este fin de semana me toca ir a ver a mis padres —le comento a Horacio.

Nos hemos repartido los fines de semana entre las cuatro hermanas. Cada domingo va una de nosotras a comer, con el yerno de turno y los nietos. Mis idas implican algo más de logística, planificación y recorrer más de seiscientos kilómetros en AVE.

—¿Vendrás? —le pregunto.

—No, me irá bien estar solo.

—¿Necesitas descansar de nosotros?

—No, más bien necesito trabajar, ensayar, volver a coger la práctica. Poder tocar más de dos horas seguidas sin interrupciones, sin tener que oír una y otra vez «papá, esto» o «papá, lo otro».

Yo a veces también fantaseo con esta idea, en cómo sería de productiva la soledad y el silencio para escribir más de diez líneas seguidas sin perder el hilo, pero entonces empiezo a echar de menos a todo el mundo y me dedico a abrazar almohadas y camisetas que todavía tienen impregnado su olor.

Día 100. No compro hamburguesas del Burger King

—¿Qué tal? ¿Cómo lleváis la nueva campaña? ¿Ya la estáis retrabajando los del equipo creativo? ¿Sabes cuándo se podrá presentar al cliente? —me suelta un director de cuentas mientras se sienta a mi mesa en el comedor comunitario de la oficina, que no es más que cuatro mesas, un microondas y dos máquinas expendedoras de productos envasados.

Yo asiento con la boca llena de arroz blanco, como si formase parte de ese equipo que está retrabajando.

—Recordad que el concepto que hay que vender es la felicidad —me alecciona mientras levanta la tapa de pan de su hamburguesa y vierte por encima kétchup de una bolsita de plástico.

—¿Tú crees que realmente estamos vendiendo felicidad?

—Claro: hablar, relacionarte, comunicarte, todo esto te hace más feliz. Lo dicen los estudios de mercado.

A mí me viene a la cabeza ese maestro japonés que, a la hora de comer, les daba a sus alumnos un tazón de arroz como el que me estoy comiendo ahora, y les decía: «Salid a buscar vuestras propias hierbas para completar el plato».

Eso se acercaría bastante a la idea que tengo yo de felicidad.

Me imagino por un momento haciendo eso en este parque empresarial. Buscando una brizna de algo verde y tierno que no haya meado un perro. Ya no usamos el cuerpo para buscar. Solo el dedo índice, deslizándolo por una pantalla.

Y quizá, a menudo, es mejor no encontrar nada; en cierto modo es lo único que te impulsa a avanzar.

—La gente que trabaja para esta compañía no es feliz —le digo.

—No estamos haciendo una campaña para los trabajadores, sino para los consumidores.

—Quizá deberíamos dar de baja todos nuestros móviles de la compañía de telefonía francesa. Los de la plantilla entera.

—¿Qué estás diciendo? La compañía nos mandaría a la mierda y nos echarían a todos.

—¿Y qué tiene eso de malo? Tal vez sea necesario que las cosas caigan, que colapsen. Dicen que es justo en ese instante, antes del impacto, cuando se te revela toda la verdad.

Día 101. No salgo con hombres del Vallès

Después de unos cuantos fracasos de pareja, preferí salir con hombres de lugares lejanos. Milán. Ámsterdam. Suecia.

Argentina.

Sentir que podía ser otra persona, que tardarían más en darse cuenta de quién era yo de verdad. Sentir que podía ser la protagonista de *Lost in Translation* con peluca rosa.

—Sos tan europea... —decía Horacio, y no: «Eres una puta neurótica del Vallès».

Día 102. No compro los billetes del AVE, me los acaba pagando mi padre después de explicarle mi proyecto de desobediencia consumista y que él no entienda nada

—¿Llevás todo?

Compruebo que llevo la cartera, los billetes de tren, el móvil, el cargador, los bocadillos, la botella de agua, el cochecito blanco y el cochecito amarillo, la maleta, a mis dos hijos, sus chaquetas puestas y abrochadas.

—Siento no poder acompañaros. —Yo sé que no le importa, que en el fondo se alegra de no venir y de que el coche, un escarabajo Volkswagen azul cielo de tercera mano, vuelva a estar en el taller.

—No te preocupes, ya he pedido un taxi. Lo cargaré a cuenta de la agencia.

Los niños ya han abierto la puerta. Los dos adultos seguimos de pie, inmóviles, uno frente al otro.

—¿Seguro que no quieres venir? Aún estás a tiempo..., podemos comprar un billete en la taquilla...

—No, tu viejo empezará con que qué tal el laburo y no tengo ganas de contarle que lo mandé todo al carajo. Prefiero ahorrarme sus discursos sobre la responsabilidad y la familia y los fondos de inversión y los tipos de interés de las hipotecas.

Mi padre siempre ha pensado que irme a vivir con un sudamericano pobre (que además reside en Madrid) era una especie de ataque a su salud coronaria.

Le doy un beso mientras los niños tiran de mí hacia el vestíbulo del edificio donde está la puerta de salida a la calle. Ahí está el taxi que nos espera con su lucecita verde y que nos llevará hasta el AVE.

Día 102. Atardecer

Al cabo de dos horas y media de AVE, media hora más de cercanías y veinte minutos en coche, por fin llego a casa.

«Casa» es un pueblo de interior, con sus polígonos, su característica dejadez arquitectónica, sus granjas de cerdos con vertido ilegal de purines al río, las aguas termales, los balnearios para la tercera edad, las huertas y el campanario que toca las horas y los cuartos. Ese pueblo al que la gente regresa después de tener hijos para que los cuiden los abuelos. Compran un adosado idéntico a los otros cincuenta en un barrio de las afueras, con un poquito de jardín, diciendo que están hartos de la ciudad, que si el tráfico, que si los coches, y hablan del aire puro, de la vida tranquila, de las actividades del centro cultural, de las escuelas sin lista de espera, mientras siguen trabajando en la ciudad y usan la casa solo como un espacio para dormir, al que llegan extenuados todas las noches sin más ánimo que para meter una lasaña congelada en el microondas.

Yo no, yo voy siempre con un billete de vuelta y una maleta con las mudas imprescindibles para un par de días, que nunca cuelgo en las perchas vacías del armario.

Día 103. No compro nada, lo compra todo mi madre

Pasea las yemas de los dedos a lo largo de la estantería atestada de libros. Es un estantería que empieza en el estudio, sigue por el pasillo y recorre tres paredes del salón. Siempre hace el mismo ritual, pasearse por los lomos de colores, tocando las texturas, buscando ese libro que leyó y que cree que podría gustarme. Mi madre, profesora universitaria de literatura catalana con un posgrado en literatura medieval, un doctorado en arte prerrománico y siete idiomas, incluidas dos lenguas muertas, me cuenta que hay un estudio de no sé dónde o de no sabe qué universidad que dice que la capacidad intelectual de los niños no se mide por el colegio al que van, sino por la cantidad de libros que hay en su casa. Pienso que, de ser así, a estas alturas yo sería una premio Nobel como Svetlana Aleksiévich y no una redactora de publicidad de escaso talento creativo a quien hacen el vacío laboral. Yo me quejo de que si el espacio de la maleta, que si el peso, que si el cochecito blanco y el cochecito amarillo, los bocadillos, la botella de agua, pero ella me deja el libro en las manos, y después otro, y después otro, pensando que a lo mejor aún no es tarde, que acaso con un libro más, el libro definitivo... Mi madre y su miedo a que nos tumbemos en el sofá, frustradas, llorando, gritando «mierda de vida» y que ya no nos levantemos más. Mi madre, que me da libros porque no puede darme nada más. La entrada de un piso. Las llaves de un monovolumen. Un abrazo de los que hacen que te olvides de todo.

Día 104. No compro nada, es domingo y todas las tiendas del pueblo están cerradas

Mi padre remueve su café descafeinado al que ya no le echa azúcar por prescripción médica, pero lo remueve igual, como un tic, como ha hecho toda la vida, como los fumadores que fuman cigarrillos imaginarios moviendo las manos vacías en el aire. Mi padre habla de si no he pensado en hacer un posgrado como mi madre, aprender otro idioma, como si el hecho de que me hagan el vacío laboral fuera por mi culpa, por mi falta de capacidades, por mi desidia intelectual, por mi carencia de conocimientos de alemán, de ruso, de chino, de griego clásico, porque no tengo un máster de IESE. Y yo contestándole mentalmente: «¿Sabes dónde está esa generación de si estudias una carrera, si sacas buenas notas, si te aprendes la tabla periódica de memoria, si haces el posgrado, papá? ¿Sabes dónde está? En la cola del SEPE, con Horacio». Y mis palabras imaginarias se esfuman en el aire al tiempo que el azúcar imaginario se diluye en su taza negra. Nos quedamos en silencio y yo espero un tiempo prudencial para levantarme de la mesa, ir a hacer la maleta, que en realidad ya está hecha, que nunca fue deshecha, deslizándome de la silla muy despacio como un espeleóloga a través de un agujero estrecho, hacia esa abertura desde donde se ve el cielo. Ya se sabe; como decía Nietzsche, para crecer hacia la luz hay que echar raíces hacia lo oscuro.

Día 104. En el AVE

Mis hijos se han dormido en las amplias butacas azules con el ligero traqueteo del tren. Miro por la ventanilla. Ya es de noche, y en vez de ver lo que hay fuera me veo reflejada en el cristal, que reproduce mi imagen hasta el infinito, porque las ventanillas de uno y otro lado crean un efecto de espejos enfrentados. Me pregunto si es esto lo que deben de ver mis padres; el resultado de su esfuerzo creciendo y multiplicándose. He aquí una mujer adulta admirable y trabajadora. Que no soy como esa compañera del instituto que «ha ido por el mal camino», que es la manera que tiene mi madre de decir que es politoxicómana. Me pregunto si todo lo que tengo —los hijos, la pareja, el trabajo estable— son cosas que he deseado por mí misma o son cosas que han deseado mis padres para mí. Dónde termina la hija y dónde empiezo yo de verdad. Los planos se superponen el uno sobre el otro como en la ventanilla del tren, donde mi rostro se convierte en oscuridad y noche y paisaje.

Día 105. No compro gel de ducha aniquilador de la capa hidrolipídica cutánea

Por la mañana me encuentro a Horacio en la bañera, flotando con los ojos cerrados. El vello de su pecho ondea como siguiendo los compases de unos nocturnos de Chopin.

—Mi madre me ha regalado un jabón nuevo...

Me gustaría decirle que sí, que dale, que nos vayamos a la selva, o a Sudamérica, que vivamos en comunidad, que construyamos nuestra casa con barro y paja, que nuestros hijos sean educados en casa y aprendan a montar a caballo, a despedazar el cadáver de una vaca para hacer asados, a elaborar queso de cabra, a hablar con acento argentino y que no se hagan jamás de los jamases del Real Madrid o salgan a manifestarse a Cibeles enarbolando banderas españolas al grito de consignas fachas de extrema derecha. Horacio a veces habla de esas cosas, de volver a buscar sus raíces. Esto de las raíces es un decir, porque, aunque sus padres eran argentinos, sus abuelos eran de un pueblo minúsculo cercano a la Laguna Negra.

En el fondo no sería tan bucólico, lidiaríamos con otras batallas: la inflación, el precio del dólar, la imposibilidad de viajar fuera del país, el precio de los productos básicos, la inseguridad, el mar que es de color marrón y está frío. Podría decirle, ahora mismo, despacito, mientras le acaricio el pecho bajo el agua, buscando sus costillas como si fuesen teclas de un piano, los acordes de un tango: «Vayámonos, sin billete de vuelta, regresemos, sácate de encima la tristeza y la añoranza, sé ese ser dorado de cuando te conocí, sé esa luz fugaz que está de paso», pero en vez de eso le digo:

—... es de pomelo rosa.

Día 106. No compro loción antipiojos

Se ha ido a ensayar otra vez con su guitarra metida en la funda de cuadros escoceses, que está desgastada por la parte de delante.

Yo me he quejado de todo lo que había por hacer.

Él ha dicho que era algo que «necesitaba hacer».

Yo no pienso en lo que necesito hacer, y cuando lo pienso siempre es algo relacionado con los niños, con sus horarios, con sus necesidades nutritivas.

No estamos tan lejos de la época de las cavernas. Y pienso en cuánto me habría gustado lo de vivir en una cueva, como deseaba hacer de pequeña, cuando soñaba con ser espeleóloga.

«Piensa en algo serio», protestaba mi padre.

A mí me parecía algo muy serio adentrarme arrastrándome en un agujero negro de veinte centímetros de diámetro rozándome contra las paredes de piedra húmeda y caliza, pero él decía que algo serio era algo que se estudiara en la universidad.

En la época de las cavernas no había que tomar decisiones para llegar a ser alguien, para triunfar, para destacar artísticamente, para ser serio haciendo cosas serias y dejar ahorros en un banco serio. Solo había que tomar decisiones para sobrevivir al cabo del día.

Emulo la época de las cavernas mientras despiojo a mis hijos con vinagre de manzana frente a una bandejita de frutos rojos, que les he dejado en la repisa de la bañera para que estén quietos y se dejen quitar las liendres con el peine de púas finitas. Tengo mi pequeña cueva, mis bayas, pero me falta la tribu. No sé en qué momento empezamos a poner cerrojos en las puertas, debió de ser entonces cuando perdimos los instintos. Los cerrojos que nos protegen de lo de fuera, pero ¿cómo protegernos de lo de dentro? ¿Cómo proteger a los niños de una madre que a veces está de mal humor?

—Mamá, ¡haz que el pato hable!

Cómo protegerles de esa madre que suspira asqueada pensando: «Liendres», pensando: «Ya me está picando todo», y que si hace hablar al pato puede que cuente cosas que nadie quiera oír.

Día 107. No voy a la peluquería

Mi madre habla todo el tiempo de ser heroínas. No habla así, de heroínas en el sentido literal, habla de no necesitar a nadie, habla de haber sacado adelante a cuatro hijas y una casa, de tener un trabajo, una carrera y un posgrado, de hablar cinco idiomas y dos lenguas muertas, y de hacer feliz a un marido. Sin abandonar, sin desfallecer. Habla de que nunca tuvo mujer de la limpieza, habla de no ser débiles, habla de tener buen aspecto, pase lo que pase, las batallas, el sacrificio, las heridas, el insomnio, hay que encontrar un hueco para ir a la peluquería. Yo cuando pienso en las heroínas pienso en las de la mitología violadas por Zeus. Pienso en heroínas de los cómics enamorándose de superhéroes que llevan los calzoncillos por encima de los leotardos.

Yo no quiero ser nada parecido a eso.

Día 108. No tengo Linkedin

—¿Ya has actualizado tu Linkedin?

—¿Estás en pedo? No pude hacer nada en toda la mañana.

Me siento a su lado y apoyo la cabeza en su hombro. Pequeño viene y se tira en plancha entre nosotros. Horacio suspira como diciendo: «¿Lo ves?».

Él necesita hacer cosas, mi madre necesitaba hacer cosas, yo necesito hacer cosas. Porque solo haciendo cosas podemos hacer el ruido necesario que tape ese auténtico ruido terrible de oírnos a nosotros mismos.

—¿Cuándo empezará la escuela? —me pregunta.

—En septiembre.

—Perfecto. Y hasta septiembre, mientras tanto, podríamos llevarlo a la guardería.

—Las guarderías son el Auschwitz de la infancia, Horacio. Mis hermanas y yo pasamos ahí los primeros años de nuestra vida, mientras mi madre hacía sus másteres y posgrados. A veces, de tanto llorar, me dormía, y cuando me despertaba, al día siguiente, volvía a estar allí, como si no existiera ningún otro lugar en el mundo.

—Ya no son así. Ahora aprenden chino.

—¡Y para qué necesita chino! ¡Si ni siquiera sabe hablar! ¿Por qué no puedes quedarte con él por las mañanas?

—Yo no puedo componer con él en casa, ¿entendés?

—¿Componer? ¿Componer qué? ¿Acaso la tuya no es una banda tributo? Mira, Horacio, nadie tiene que crear nada, nadie tiene que triunfar, solo tenemos que conseguir llegar a fin de mes sin que nadie resulte herido.

Horacio hace una pausa, apaga el portátil, acaricia la cabeza del pequeño, su brillante pelo oscuro. Intuyo cómo en su interior empieza a crecer la bola de silencio denso y oscuro como la Laguna Negra.

Yo también acaricio el pelo castaño y brillante de Horacio. Sé que acabaré cediendo a lo de la guardería. A veces me da la impresión de que los hombres son criaturas desamparadas, más que los hijos, y que las mujeres debemos cuidar de ellos. Reparar sus partes rotas con resina de oro, como en esa técnica japonesa del kintsugi.

Día 109. *No hago running*

Me acuerdo de que antes, hace mucho tiempo, me levantaba y pensaba: «Soy feliz». Así, con esa claridad. Ahora, la mayoría de los días me levanto pensando: «Mierda». La mayoría de los días apago el despertador y digo: «Ahora me levantaré, ahora me levantaré, ahora me levantaré», y cuando lo hago es demasiado tarde no ya para pensar si soy feliz, sino para pensar.

A secas.

Día 112. No creo en el mindfulness

Un compañero de la oficina está pegando patadas a la máquina expendedora de comida envasada. Dentro solo queda una palmera de chocolate cuya cobertura parece haber ido desintegrándose dentro del envoltorio de plástico. Ahora se levantan dos compañeras más y lo ayudan a sacudir la máquina para hacer que caiga. A su lado, la máquina de bebidas energéticas está vacía. Habrán tenido que venir a trabajar todo el fin de semana.

Me acuerdo de que cuando vine a trabajar aquí, nos dijeron que pondrían un restaurante de comida sana, un gimnasio, que nos ofrecerían clases de yoga y taichí, que disfrutaríamos de una zona de descanso con sofás y mesas de pimpón, como si esto fuera Silicon Valley. La idea era tenernos aquí dentro el máximo tiempo posible. Al final no hubo presupuesto. Doy las gracias por que no nos tengamos que someter a cursos de mindfulness en los que te vienen a decir, emulando el libro de Eckart Tolle que pasea Horacio, que si no aceptas estas condiciones laborales, huérfanas de sindicatos y de ética empresarial, es porque tienes un problema a la hora de gestionar tus mierdas emocionales. Que todo esto se soluciona estando una muy quieta, en silencio y haciendo chorradas con la respiración.

Me levanto yo también de la mesa y me dirijo a la máquina expendedora. Empiezo a pegarle patadas, uniéndome a mis compañeros. Cada vez somos más los que nos levantamos y acudimos al grito de ayuda. Finalmente, la palmera cae, pero, aun así, seguimos propinando golpes a la máquina durante un buen rato hasta que algo en el sistema eléctrico interno produce un chasquido y la máquina se apaga.

El compañero, entonces, coge la palmera, le quita el plástico pegado a la cobertura de chocolate y va dividiéndola en trocitos pequeños para repartirla entre todos.

Día 113. No planto nada

—¿Qué habéis hecho hoy en el cole?

—Hemos plantado semillas —me dice Mayor mientras exhala vaho a la ventanilla del autobús para escribir su nombre con un dedo.

—¿Semillas de qué? —le pregunto, sujetando a Pequeño en mi regazo, a salvo de los frenazos, del gentío que atesta el pasillo, del bolso de la chica de al lado, que me golpea la cabeza sin parar.

—Semillas normales.

—Sí, pero las semillas pueden ser de muchos tipos.

—Estas no.

Yo también podría contarles algo.

«¿Sabéis qué he hecho hoy en el trabajo?

»Nada».

Día 114. No abrazo el crudiveganismo

—Siento llegar tarde —dice Kat, entrando a toda prisa con su bolsa de yoga en la que carga con una esterilla, unos bloques de corcho, correas, una manta, un cojín de meditación, un termo, una botella de agua y dios sabe qué más; luego se desploma en una silla soltando el enorme bulto en el suelo—. Me he peleado con la dueña del centro de yoga porque me ha dicho que las duchas de los vestuarios solo eran para las clientas, no para las profesoras. Que si lo necesitaba, me duchase en mi casa.

—Qué hija de puta.

—¿Sabes cómo se llama el centro? Bráta. Significa «hermandad» en sánscrito. —Hay que joderse.

Miro en dirección a mis hijos, sentados en el suelo de esta cafetería *children friendly*, peleándose con otros niños, que van vestidos con un uniforme escolar muy rancio, por unas piezas de Lego. La parte del local que pueden usar los niños para jugar parece haber sido devastada por una guerra. Hay juguetes esparcidos por todos lados, pedazos de magdalena pisoteados, libros con páginas arrancadas.

—Nunca había estado en esta cafetería —dice Kat, echando un vistazo a su alrededor.

—Yo tampoco.

Del techo cuelgan unas estrellas de origami como si estuviésemos en una perpetua fiesta de cumpleaños. Al fondo hay un patio interior con plantas. Me apodero de la carta que hay en el centro de la mesa. Leo: «Todos nuestros dulces están elaborados sin azúcar, sin lácteos, sin huevos, sin gluten, sin grasas animales...».

—¿Qué le pasa a todo el mundo, Kat?

—Por eso hemos quedado, para que me cuentes qué pasa —dice ella, proyectando la voz más allá de los gritos de los niños.

Siento el mal dentro de mí, creciendo, como una enredadera.

Intento concentrarme en el tono azul de las paredes.

Azul quirófano. Dicen que es un color que calma.

—Horacio ha dejado el trabajo porque quiere ser una estrella de rock.

—¿Es broma?

—¿Te acuerdas de Virmana? Ha vuelto a montar el grupo. Hace tiempo que empecé a sospecharlo. Primero la guitarra, después los ensayos y, por último, los dos tipos que vi en el asado que organizó en casa. Al final me lo ha terminado confesando.

—Pero dudo de que haya dejado el trabajo por eso. Ni siquiera tuvieron demasiado éxito en el pasado...

—Que sí, te lo juro. Habla del vacío de la existencia. Habla de que la realización vital será a través del triunfo artístico o no será.

Kat suspira y levanta la mano para llamar la atención de la camarera, que parece totalmente superada.

—No sé, no es tan terrible; pensaba que me dirías que te habías puesto los cuernos con una profesora de Bikram yoga o algo por el estilo —dice.

—Eso es lo que se supone que hacen los hombres en la crisis de los cuarenta, ¿verdad? ¿No se podía limitar a eso, a echar un polvo, como en las telenovelas?

—Tal vez necesita hacer algo con su vida... ¿Por qué no hay más camareras?...

—¿Hacer? ¿Hacer? ¿Hacer qué? ¡No tiene que hacer nada! ¡NADA! Nadie tiene que hacer nada. Antes la gente no necesitaba hacer nada. Son todas esas gilipolleces de Operación Triunfo.

—Necesitamos beber algo antes de que sigas alterándote.

—No tienen alcohol.

—¿No tienen? ¿En serio?

—Ya lo he mirado. Toma. —Le paso la carta y ella empieza a leer, mirando por ambos lados, intentando descubrir alguna página secreta que se despliegue mágicamente ofreciendo una selección de tequilas añejos, Valium, drogas naturales de cultivo orgánico.

Por fin, una camarera.

—¡Gracias a dios! Necesitamos algo de beber.

—Yo no soy camarera —dice la mujer, que sigue caminando en dirección al baño.

Mi rendija de luz vuelve a sumergirse en las tinieblas.

De repente se acercan los dos niños del uniforme rancio. El más pequeño, de unos cuatro años, está llorando.

—Tu hijo le ha quitado el Lego —me explica el mayor.

—Mira —le digo al pequeño con toda la dulzura de la que soy capaz—, el Lego en realidad no es tuyo, es de la cafetería, o sea que, técnicamente, no te lo ha quitado.

El niño se pone a llorar más fuerte y empieza emanar unos mocos amarillos y densos. El otro se lo lleva de la mano de nuevo hacia la zona de juegos.

—Te has pasado, tía.

—¿Qué clase de sitio es este? —le digo a Kat, metiéndome todos los sobrecitos de azúcar de caña integral ecológica del dispensador de la mesa en el bolso. Las madres que venimos a estas cafeterías con aparcaniños somos las que no podemos pagar ni a una cuidadora a tiempo completo ni a una psicoterapeuta. Deberían servir mercancía lisérgica.

—En el fondo, amiga mía, te da envidia.

—Sí, a veces pienso que debería haber sido yo la que dejara el trabajo, la que se pusiera a hacer giras promocionales en plan Siri Hustvedt.

—El gran problema es que se han pasado siglos vendiéndonos el cuento de que las mujeres eran recolectoras y madres y se quedaban en las cuevas esperando a que los hombres volviesen de cazar. Seguramente las mujeres también salíamos a cazar mamuts, joder.

—Tienes razón, Kat. A veces me sorprendo a mí misma diciéndome: «¿De qué te quejas? Tienes un marido guapísimo que te quiere y dos hijos preciosos». Como diciendo: «Esto es lo que has recolectado y tienes que sentirte plena y conformada».

—Mientras hablo, Kat saca del monedero una bolsita transparente con lo que parece un cogollo de maría—. ¿Qué haces? ¿Te has vuelto loca?

—Disimula. Ahora cuando traigan el té, lo metemos dentro.

Veo cómo abre la bolsita y empieza a deshacer el cogollo con los dedos. Pronto, el olor terroso y ligeramente sulfuroso me llena las fosas nasales. Sé que si nos tomamos esto con el té, nos entrarán unas ganas terribles de comernos una *carrot cake* con glaseado de azúcar refinado y grasas saturadas de las que provocan obstrucción arterial y diabetes. Soy consciente de que el olor va esparciéndose por toda la cafetería como un hilo amarillo de dibujos animados.

—Vayámonos antes de que nos detengan —digo—. ¡Niños! —grito hacia el fondo de la cafetería.

—Tienes razón, este lugar es deprimente —dice Kat, levantándose con todo el peso de su bolsa, donde parece que cargue todo lo que arrastramos las mujeres desde hace más de diez mil años.

Día 115. No me hago una abdominoplastia

Estoy en la sala de espera del médico hojeando una revista del año pasado sobre un extraño síndrome llamado «de las piernas inquietas»; el cirujano lleva una hora de retraso y estoy pensando en si irme o esperar un poquito más cuando llega una madre con su hija en una silla de ruedas de esas que se dirigen con un pequeño mando de palanca. La hija tiene la cabeza inclinada hacia el pecho, el pelo oscuro y canoso recogido en una coleta y las manos crispadas con los dedos hacia arriba. La madre saca un frasquito del bolso y le dice que levante la cabeza, que le va a limpiar las legañas con colirio. Cuando lo hace, veo que tiene una pupila completamente blanca. La madre parece una madre normal, una madre habituada a eso, a limpiar legañas de un ojo blanco. «No te quejes, que solo te estoy limpiando, que eres una quejosa». Habla como quien habla a una hija que no va en una silla de ruedas accionada con una palanca y no tiene un ojo completamente blanco. «Qué estupidez —pienso—, qué estupidez decir yo solo vengo por lo de la hernia, por mi ombligo-garbanzo que es incapaz de irradiar, que no es nada, que son manías, ligeros problemas de autoestima, ganas de volver a ponerme el bikini de estampado felino». Ella viene por un montón de asuntos terribles, seguro, ordenados alfabéticamente en el gran dosier de tapas de plástico azules que se pone bajo el brazo al oír el nombre de su hija por megafonía. «Ay, a ver si no vas a poder pasar por la puerta de la consulta, hija. Vamos, media vuelta, alehop». Yo estaría matando a gente, yo no podría ir a una consulta y decir «alehop» y haberme levantado por la mañana con ganas de conjuntar la falda con la chaqueta, como esta madre.

Llego a casa y Horacio me está hablando de no sé qué puertas que se le están abriendo. Yo solo pienso en esa madre. En lo que será arrastrar esa silla, meterla en una furgoneta de esas especiales que tienen rampa en la parte de atrás para llevarla al hospital público, pensando todo el camino: «A ver si no va a poder pasar por la puerta».

—Tenemos mucha suerte, Horacio —le digo después de arrojar el bolso y la chaqueta al sofá. Y él me pregunta que qué ha pasado con mis ganas de quejarme. Le digo que se las he donado todas a una madre del hospital.

Día 116. No me hago premium

Hojeo los manuales de autoayuda. Sigo diciendo «hojeo». ¿Cómo tendría que llamar a este hojear digital?

Los manuales de autoayuda, aunque estén en internet, siguen hablando de lo mismo que hablaban los manuales que hojeaba en la sección esotérica de la Fnac hace mil años. Hablan de liberarse. No hablan de que si el paro, de que si el SEPE, de que si la falta de conciliación, de que si la desigual repartición de las tareas de la crianza y del hogar, de que si el *mobbing*, de que si la violencia machista, el discurso heteropatriarcal, el sexo no consentido, la falsa hipocresía católica nazi de los antiabortistas, la falta de paridad femenina, la extrema derecha amenazándonos con volver a recluirnos en las oscuras cocinas de nuestros pisos de mierda a sacar la mugre de las juntas de las baldosas hasta que nos sangren las uñas.

Hablan de que, ante cualquiera de los postulados anteriores, la vida te otorga una valiosa oportunidad para encontrarte a ti misma.

Cierro las páginas de los libros digitales de autoayuda y vuelvo a la primera pestaña, la del Mercadona. Hago la compra de la semana por internet de forma automatizada. Hay una función que te guarda tus anteriores compras y ni siquiera hay que pensar. Los que hablan de dejarlo todo e irse a una cueva y los que hablan de las nuevas tecnologías usan la misma palabra: *libérate*. Eso es lo que hacemos los publicistas: quitamos el sentido a las palabras hasta que ya no significan nada. La gente piensa que para ser zen hay que comprar velas. Eso piensan. Que las cosas se compran. Que los estados de la mente se alcanzan a partir de comprar cosas. Gratis no nos queda casi nada. Ni siquiera puedo escuchar mi *playlist* de música deprimente, desde Tom Waits a Radiohead, sin que una locutora me trepane el cerebro cada media hora con amenazas de anuncios a menos que pague la suscripción. Lo único que deseo es lograr el nivel adecuado de anestesia con el que le doy a la tecla de «Confirmar compra» sin saber exactamente qué he comprado.

Día 117. No me hago autónoma

Mi cerebro, como si fuera Krishna, dice: «Hazte autónoma y sé tu propia jefa, dirige tu propia vida, haz lo que siempre has deseado hacer sin horarios fijos, crea, empodérate, encuéntrate a ti misma, sigue tu karma».

Kat, como si fuera Arjuna, contesta: «Dando clases de yoga gano, con suerte, seiscientos euros al mes. Tendría que pagar trescientos cincuenta de autónomos. Es de risa».

Y en letras que imitan la tipografía sánscrita aparece un «The End» en esta versión resumida, propia y libre de la *Bhagavad-gita*.

Día 118. No compro laca de uñas

Logro acostar a mis hijos pronto, a fuerza de ir bajando el tono de voz al leer *Harry Potter*, en la penumbra que arroja la luz del pasillo, a pesar de que eso puede costarme un par de dioptrías. Les doy un beso a sus caritas dormidas y avanzo despacio por el pasillo hasta el salón para desplomarme en el sofá al lado de Horacio. Me fijo en que ha dejado una botella de cerveza abierta sobre la mesita baja, sin poner ningún posavasos. Eso hará que quede un círculo de humedad en la madera que a la larga..., pero cuando me giro para decírselo me doy cuenta de que está dormido.

Agarro su botella de cerveza y doy un trago. Está tibia.

Después otro, y otro, y otro, hasta terminármela.

Me miro las manos, a lo mejor podría pintarme las uñas de rojo.

Si tuviese laca de uñas roja, claro.

—¿Crees que me parezco a Charlotte Gainsbourg? ¿Crees que debería dejarme flequillo?

Dejo resbalar mi cuerpo por el sofá hasta quedar en horizontal y apoyo las piernas en la mesita. El círculo de humedad de la cerveza me moja la parte trasera del muslo. La bata china de color rojo se abre como un telón mostrando mi esternón plano y sin volúmenes. «Charlotte Gainsbourg con las uñas de rojo en aquella película donde paga a un tipo para que le pegue en el trasero». Miro mis manos abiertas, tendidas delante de mi cara. Mis dedos largos, como de pianista. Las uñas rojas ayudan a tomar perspectiva. Como si no fuesen mis manos. Como si no fuese yo misma.

«Llegará tarde al ensayo», pienso.

Debería despertarlo.

Pero es un «debería» que tiene la consistencia de una nube.

Día 119. No recuerdo los nombres de la gente

—¿Sabés a quién echaron, amor?, a tal y a cual y al de más allá —dice Horacio por teléfono.

No me dice «a tal, a cual o al de más allá», me dice sus nombres, pero soy incapaz de retenerlos. Horacio encuentra en las políticas de destrucción de puestos de trabajo una justificación para sus decisiones.

—¿A quiénes?

—¿Me estás cargando? ¿Cómo que a quiénes? ¿No te acordás?

Sus nombres...; se supone que tengo que conocerlos ¿de qué?, ¿de su anterior trabajo?, ¿del mío?, ¿de un asado? Repaso mentalmente el nombre de mis hijos, el número de mi documento de identidad. Siete, nueve, dos, siete... Me pregunto si la demencia empieza así, siendo incapaz de relacionar nombres con caras.

—Te tengo que dejar, amor, estoy con los niños y...

—Chau.

Cuelgo y al instante me acuerdo de esa vez que mi madre nos hizo ir al entierro de una conocida suya y más tarde nos la encontramos por la calle y mi madre se puso blanca como el papel. Nunca supo de quién era el entierro al que había ido. Yo en algún momento también me encontraré con dos amigos de Horacio y les diré que lo siento mucho, que hay que ver qué mal está el mercado laboral, y a lo mejor no serán ellos, a lo mejor me mirarán como pensando de qué está hablando esta loca. Entonces me iré yo también a pedir hora con el neurólogo.

Día 122. No compro comté

—¿No te cambiás? —dice Horacio cuando me lo cruzo por el pasillo yendo a abrir la puerta de casa, antes de que vuelvan a llamar y despierten a los niños.

—Siempre llevo esta bata para andar por casa.

—Viene gente.

—A mí la gente me la suda.

—Se te abre todo el rato y se te adivinan los pezones.

Vuelvo a la habitación. Me miro en el espejo. Qué tiene de malo mi bata. Qué tienen de malo mis pezones. Me pongo una camiseta de una propaganda de helados que tiene un agujero debajo de la axila y un pantalón de chándal. Oigo cómo Horacio ya ha ido a abrir. Me llegan unas voces junto con el eco que crean al proyectarse en el rellano de la escalera.

Cuando entro en la sala los veo otra vez. Los dos tipos del asado.

—¿Vos te acordás?

—Sí —digo, cruzando los brazos sobre el pecho, como protegiendo el relieve ofensivo de mis pezones, que parecen dos guindas coronando el estampado de helados de la camiseta. Cada uno de ellos parece señalar de forma acusatoria a los dos antiguos miembros de la banda de Horacio: el batería y el bajo.

—Nos vimos el otro día en el asado —dice el batería.

Se acercan y me dan un abrazo torpe. Mi cuerpo no se ofrece a ellos. Mi cuerpo va transformándose en una raíz de mandrágora y, como en los cuentos de hadas, estoy convencida de que emitirá un sonido ensordecedor en cuanto intenten arrancarme del lugar donde estoy enraizada.

El batería y el bajo sonríen, se muestran amables, me hablan del tiempo, que si tanto tiempo, que si cuánto tiempo ha pasado, que si estoy igual. Yo no puedo decir lo mismo. Miro a Horacio, y veo cómo él desvía la mirada hacia una bolsa de cartón marrón que le tiende uno de ellos.

—Cerveza —dice el batería.

Sigo ahí de pie y no me doy cuenta de que el otro me alarga otra bolsa.

—Queso —dice el bajo.

—¡Joya! ¡Gracias! Amor, si a vos no te molesta, ¿podés traer la madera de cortar y un cuchillo de la cocina? —Y dirigiéndose a los otros dos—: Salgamos al patio, así podréis fumar un pucho.

Me encamino a la cocina con la bolsa y voy depositando el contenido encima de una tabla de cortar. Son extranjeros, de una conocida casa gourmet. Una tienda cara. Hay un comté. Es mi queso preferido, de lejos. También hay uno azul que apesta como una cebolla podrida y otro cremoso, blanco y denso. Me doy cuenta del tiempo que ha pasado para que estos dos tipos se presenten en casa con un surtido de quesos gourmet en vez de una bolsa de hierba. Abro el cajón de los cuchillos, agarro uno largo y afilado y empiezo a cortar el comté. Me meto el trozo entero en la boca. Pronto el umami del queso me eriza las glándulas salivales haciendo estremecer cada una de mis veintisiete vértebras, desde el coxis hasta la nuca. ¿Cuándo fue la última vez que degusté un comté? No lo recuerdo. Corto otro trozo. Es mejor seguir a oscuras, así no podrán verme. Corte tras corte, sé que me terminaré todo el queso. Que pronto mi cuerpo será un pozo de mucosidad intentando digerir la lactasa. Pero ahora solo siento el estremecimiento. Hace tanto tiempo que no me drogo que espero que la sobredosis sea suficiente para que ya no me importe nada más, ni los dos tipos, ni nuestro futuro, ni la indecente bata roja.

Día 123. No compro Cola-Cola

Tu trabajo lo puede hacer otro por la mitad de lo que ganas.

Los que entran ahora están dispuestos a todo.

Trabajan gratis, trabajan los fines de semana, trabajan los puentes y las vacaciones.

Siguen viviendo en casa de sus padres.

Hace tiempo que perdieron su orgullo, a lo mejor no lo tuvieron nunca.

Su única aspiración es el abono del Festival de Benicàssim.

Escuchan música que tú no sabes ni que existe.

No piden baja laboral porque uno de sus hijos esté enfermo.

Sus tuits son tan ingeniosos...

A quién le importa que cometan errores gramaticales.

Se quedan hasta tarde.

Se quedan lo que haga falta.

No creen en la política, no votan, no exigen derechos laborales.

No les pagamos para que piensen.

No tienen hijos, pero les financiamos la congelación de óvulos.

Se conforman con una Coca-Cola gratis de vez en cuando, con las salidas de los jueves, con el cigarrillo en el patio cada dos horas.

Son *influencers*.

Lo único que les interesa es tener no sé cuántos miles de no sé qué chorradas.

Y en cambio, yo y mis derechos, maldita lacra del sistema.

Día 124. No practico el zen

«Una escritora zen dice que no se puede llegar a la felicidad, solo se puede llegar a un estado en el que asumes que la vida es como es», me contaba Kat esta tarde, entre las esterillas de yoga tendidas en su pequeño salón. Se supone que eso debería calmarnos, debería anular nuestra capacidad de preocupación, de lucha, de exigencia. La posibilidad de llegar a un estado en el que la vida es como es nos salva de la preocupación de otra tarde más sin practicar asanas. Pero eso también implica cierto estado de dejadez.

—¿Sabes, Kat?, no estoy segura de que las mujeres hubiésemos conseguido nuestro derecho al voto si nos hubiésemos quedado así, sentadas con nuestros tés y nuestros hijos en el regazo diciendo que la vida es así y ya, que qué sentido tiene ir a apedrear escaparates.

Día 125. No compro Dalsy

Pequeño tiene fiebre. Le pongo una toalla mojada en la frente. Horacio insiste en darle un antitérmico. Yo le digo que no, que la fiebre es buena. Que, precisamente, la fiebre cura. Al cuerpo hay que dejarlo hacer.

Horacio insiste en que por algo se inventó la medicina, la ciencia. Que antes la gente se moría mucho más.

Yo le digo que en realidad la gente se muere igual, pero que tarda más en morirse y eso no tiene por qué ser mejor. También le hablo de la guardería, de la angustia, de los virus, de la poca madurez de su sistema inmune.

Él me contesta que las enfermedades son una cosa y las emociones otra, y que si soy de las que creen en el reiki y en la homeopatía y en que el cáncer se cura con la alimentación. Yo le rebato que todo eso funciona porque el cuerpo está convencido de que se está curando y, por lo tanto, se cura.

Le cito a Marguerite Duras: «Muchas mujeres del siglo XX somos las descendientes de las brujas que no llegaron a ser quemadas».

Horacio se va convirtiendo en la superficie viscosa de la Laguna Negra. En la bestia sigilosa y serpenteante que vive bajo la superficie viscosa de la Laguna Negra.

Pero el hecho de que hablemos susurrando, de noche, ambos asomados a la cama de Pequeño, que es la de debajo de la litera, con la cabeza agachada para no golpearnos con el somier de madera de la cama de arriba, hace que la discusión, vista desde fuera, parezca una comedia del absurdo.

—Todo va a cambiar —dice, finalmente, Horacio.

Yo no pienso en nada epifánico.

Solo en el título de una canción de los Niños Mutantes.

Y mientras empapamos de nuevo la toalla en la palangana llena de agua, tarareamos la estrofa al unísono. En voz muy muy baja.

Día 126. No leo los prospectos

—¿Qué hace papá? —me pregunta Mayor.

—No lo sé, ¿qué hace?

—Tiene una cosa rara en el pelo.

Lo agarro de la mano y él me conduce hasta el baño. Abre la puerta que está cerrada, pero no con pestillo. Horacio tiene el cabello lleno de una pasta blanca que desprende un fuerte olor a amoniaco.

—¿Qué es eso?

—Decolorante —responde Horacio

—¿Qué es *decolorante*? —sigue insistiendo Mayor tirando de mi mano.

—¿Para qué?

—Ya sabés para qué —dice Horacio, respondiéndome a mí en vez de responder a su hijo, porque responderme a mí es más fácil.

—¡Eh! ¡Ven! —llama Mayor a su hermano, y se aleja corriendo por el pasillo para ir a buscarlo y mostrarle lo que está haciendo su padre, que no sabe si es algo muy divertido o muy grave.

—Entonces ¿va en serio?

—Sí.

—Tienes casi cuarenta años.

—Treinta y siete.

—Y quieres volver a ser un cantante muerto diez años más joven.

—Sí.

—¡Papá, papá, muéstrale! —grita Mayor, saltando, excitadísimo, y llevando a su hermano de la mano.

Horacio se agacha para que Pequeño lo vea.

—¿Se puede tocar? —pregunta Mayor, alargando dubitativo su manita con los dedos extendidos hacia la cabeza de su padre pero deteniéndose, dudoso.

—Es un poquito fuerte, ¿sabés?

Podría decirle muchas cosas, pero están los niños. Los niños diluyen la seriedad de las conversaciones, dejan que las palabras queden tendidas como en el teatrillo de la función de un mago. Así las discusiones desaparecen solo para que reaparezcan más tarde, en el lugar más inesperado.

Día 127. No compro nada que pueda coger del armario
de material de la oficina

Lo primero que pienso al entrar en casa es: «¿Quién es ese hombre que está jugando con mi hijo pequeño?».

Entonces él se gira y me saluda, sonriendo.

Él.

—Me cuesta acostumbrarme a verte así.

—Me conociste así, ¿no te acordás?

Le tiendo una carpeta transparente con unas hojas impresas dentro. Horacio no la agarra, sigue sujetando una pieza de Lego roja entre sus manos.

—¿Qué es? —me pregunta.

Pequeño tira de su mano impaciente para que la encaje en su lugar. Me agacho y le doy un beso en sus mejillas suaves y blanditas. Agarro la pieza roja de las manos de su padre y echo un vistazo al librito de instrucciones que hay abierto en el suelo para ver dónde va.

—Solicitudes para inscribir a los niños en el colegio público de nuestro barrio el curso que viene.

Pequeño tira de mi mano y yo encajo la pieza roja donde creo que va, pero Horacio la quita y la encaja en otro lado.

—No va allá, va acá.

—No podemos seguir pagando una escuela privada si tú decides volver a hacerte cantante punk.

—A lo mejor sí, quién sabe.

—O puede que no.

Una escuela privada, una educación libre, respetuosa, donde permiten que cada niño siga su propia evolución madurativa.

Una escuela en un barrio arbolado de chalés y tráfico restringido. Una escuela donde las maestras pasean en silencio entre los niños y hablan en susurros. Yo se lo contaba a mi madre y ella no lo entendía, porque siempre volvía afónica de dar clases y yo le decía que a lo mejor era al revés, «que a lo mejor no son los alumnos los que tienen que escucharte a ti, a lo mejor eres tú la que tienes que escuchar a los alumnos, mamá». Un colegio, en definitiva, caro.

Le tiendo de nuevo las solicitudes a Horacio y él no las agarra, porque agarrarlas significaría asumir todo este montón de cosas que nos están pasando.

Y hacemos como que no.

Día 131. No voy más a la Fnac a pasar las tardes, a leer libros de poesía

No escribo todos los días, como se supone que deberían hacer las escritoras de verdad. Pasa un día, y otro, y pienso: «Debería ponerme», y la página se queda ahí, como la esterilla de yoga tendida en el suelo.

Día 132. No me pongo dispositivos anticonceptivos intrauterinos

«Celebrémoslo», ha dicho.

Y ya estamos todos. Horacio, yo, los otros dos músicos de la banda con sus mujeres, todos los hijos y un perro con legañas al que le falta una pata.

Acentos argentinos. Guitarras. Camisetas negras. Mujeres de largos cabellos y largas faldas que siguen conservando la misma belleza étnica y salvaje que recordaba. Los hombres también llevan el pelo largo, pero sufren distintos grados de tragedia capilar. Echo de menos no ser uno de esos personajes de Jane Austen, una de esas anfitrionas que tienen jaqueca todo el tiempo, para poder retirarme a mis aposentos a leer.

—Voy a preparar gin-tonics —digo para escaparme un rato sola a la cocina.

En algún punto, Horacio tuvo mucho en común con esta gente. Luego emprendió un trayecto que lo llevó a las antípodas. Y ahora intenta cavar un túnel para cruzar la tierra por dentro y llegar otra vez a ese punto.

Pero excavar un túnel implica destruir.

A través de los ventanales de la cocina, que dan al patio, veo cómo los hombres preparan el fuego en la pequeña barbacoa, sacando carbón de una bolsa grande. Agarro las copas del armario, los limones, la bolsa de hielo, las botellas de tónica y hago la *mise en place* mientras ellas no paran de decir: «Che, ¿qué onda?». Yo estoy por preguntarles también che qué onda la crisis de los cuarenta de nuestras parejas, qué onda esto de volver a la adolescencia, pero intento no perder el espíritu festivo de la velada. Horacio me dice que nunca sé sacar temas de conversación adecuados. Me pregunto qué tema será «adecuado». Golpeo la bolsa contra el suelo hasta que se rompen los hielos y, casi, las baldosas.

—¿Y vos? ¿Qué onda?

—¿Yo? Pues mira, hace unos días fui a la ginecóloga y me preguntó que si no quería tener más hijos, por qué no iba pensando en ponerme un DIU. Y en eso estoy. Pensando —le contesto.

Los dos pares de ojos me miran en silencio y dejan de decir *che qué onda* en su tono jovial. Levanto otra vez la bolsa y estoy dispuesta a golpearla de nuevo contra el suelo.

—No lo hagas —me dice la mujer del batería, apartándose el largo cabello hacia atrás. El sol arroja en él unos reflejos caoba. Por un momento no sé si se está refiriendo a volver a golpear la bolsa de hielo o a lo del método anticonceptivo. Agarra un cuchillo y se acerca hasta donde estoy. Debería llevarlo con la punta hacia abajo porque parece que me apunte a mí. Aunque luego pasa de largo y se dirige hacia donde he dejado los limones—. Yo llevé el de cobre durante un tiempo. Sangrás muchísimo. Me lo tuvieron que quitar, ¿sabés?

Evito preguntarle si le dolió cuando le quitaron ese artefacto metálico. DIU, sangre, cuchillos, artilugios afilados saliendo por el cérvix. No sé si Horacio estaría orgulloso de mí. La mujer del bajo, con el cabello largo pero muchísimo más oscuro, por donde asoman reflejos plateados de canas, dice que ella lleva el de última generación pero que le ha salido un quiste del tamaño de un melocotón. La ginecóloga le ha dicho que era normal. Que era un quiste bueno. Pienso en el sabor de los melocotones de viña recién cogidos del árbol. La mujer del batería corta con un golpe seco el extremo de un limón y las tres observamos ese gesto, cómo el extremo redondo se queda un rato girando en círculos como una peonza.

—Mamá, ¿me dejás salir esta noche? —dice entrando en la cocina su hija adolescente seguida por los saltitos del perro sin pata. Lleva el móvil en la mano como si estuviese hablando con alguien que espera su respuesta. Su madre le responde que ya lo hablarán más tarde. La chica hace un gesto de hastío y se va.

—La tuve muy joven, ya saben cómo fueron esos años —nos dice, y las tres viajamos hasta ese pasado de conciertos en bares de mala muerte, furgoneta arriba y abajo, resacas y cafés cargados de madrugada, hoteles en polígonos con colchones que chirriaban cuando follábamos. La diferencia es que yo no miré hacia otra parte ante las palabras *métodos anticonceptivos*.

—Pero, mirá, tu hija ya es mayor y vos aún sos joven y tenés libertad para salir cuando querés —le dice la mujer del bajo mientras con las manos le alisa el pelo, que tiene un poco crespo, calculo que por el exceso de tintes agresivos.

—Parece mayor de lo que es, ¿viste? Es por culpa de las hormonas. Se las inyectan a las vacas y nos las tomamos con la leche. Por eso las niñas maduran antes... —sigue cortando el limón, aunque solo debería cortar las pieles, bien finitas, como dice Horacio que hay que hacer, pero no quiero interrumpirla. Hay que ser amable con la gente, saber socializar. Las rodajas de limón son cada vez más gruesas—, por eso las niñas de catorce parecen de dieciocho —coge una rodaja de limón, se la lleva a la boca y la chupa, haciendo una mueca—, así que decidí no comprar más leche de vaca, pero ya fue demasiado tarde.

Agarro yo también uno de los limones e intento cortar las pieles finitas con forma de tirabuzón, pero no me sale. A lo mejor es por ser zurda, a lo mejor es el miedo de cortarme con algo de tacto frío y duro. Cuchillos. O artilugios metálicos adentrándose en mi matriz.

—Y entonces ¿qué onda? ¿Te lo pondrás?

Miro cómo la luz del mediodía se desliza por las paredes del patio y convierte el cabello de Horacio en una llamarada blanca, pienso en «lo que fueron esos años» y lo vuelvo a ver como entonces, tan hermoso, tan ajeno a todo esto, los DIU, la sangre, las hormonas, la propagación de la especie. Observo cómo va colocando la carne hormonada y cruda en la barbacoa.

—No lo sé.

Pienso en los hombres y en las mujeres como si fueran bosques. Los hombres serían la parte visible, los árboles, y las mujeres la parte escondida, los hongos que viven bajo tierra y que comunican todos los árboles entre sí, dándoles nutrientes y agua, creando una red invisible pero esencial para la vida.

—Esta noche hay luna llena —dice la mujer del batería, volviéndose a apartar el cabello caoba, que le cae enfrente de la cara como una cortina burdeos, hacia un lado de la espalda, mostrando el tatuaje que lleva en la nuca, como de una llama.

Y de repente se hace un silencio largo y denso, como si de algún lado fuese a salir nuestra parte de brujas, la que aún no han anestesiado los progestágenos.

Día 135. No somos el futuro

Los hombres están dentro. Las mujeres, fuera.

Parece un eslogan de protesta, pero solo describe la situación escénica en la oficina. La sección masculina del equipo creativo está en la sala de reuniones presentando la campaña retrabajada de primavera de los nuevos planes de telefonía al cliente. La sección femenina, fuera, espera el veredicto.

La campaña la han hecho dos compañeras.

Están contentas porque, de entre todas, ha sido la que Ellos han elegido. Aunque no la puedan presentar. Darle su autoría.

Podríamos irnos a casa. A hacer pasteles, por ejemplo, como en aquella portada del diario *La Razón*, que venía a ilustrar el futuro del país mostrando a cinco hombres con cargos de prestigio y a una mujer en bata sosteniendo un bizcocho.

Podríamos, sí. Podríamos irnos a casa, amasar las cantidades indicadas de harina, huevos y azúcar, introducir la masa en el horno, y de paso meter también la cabeza.

Día 136. No compro ropa interior

—Puede que hagan un ERE en la empresa. —Estoy subida a una silla para buscar una caja en el armario de los niños con toda la ropa que le había quedado pequeña a Mayor. Pequeño necesita calzoncillos. Ya está diciendo adiós a los pañales. Le dejo caer eso a Horacio, eso y la caja, que ya he encontrado, y no sé qué hace más ruido.

—Pero ¿a vos te afecta eso? Con la reducción de jornada no pueden echarte.

Desde aquí, subida a la silla, veo la lámpara. Me imagino a alguien pensando ahora ataré el hilo del cable telefónico a la lámpara, ahora haré un lazo, ahora voy a meter el cuello...

—Han vuelto a cargarse la campaña, dicen que no entendemos el concepto de felicidad. Que no sabemos transmitir el mensaje de «gente que habla por teléfono y es feliz».

Me bajo de la silla y quito la cinta adhesiva de la caja. Cuando la abro me doy cuenta de que no es la caja que buscaba.

—Eso solo es una excusa para recortar los gastos.

—Y la plantilla...

—Tu despido les saldría demasiado caro.

—Pero imagínate que me echan. ¿Qué pasará con todo esto?

Entran los niños corriendo y se asoman a mirar el contenido de la caja. Pequeño lleva un calzoncillo de su hermano mayor con la cinturilla achicada con un imperdible. Sacan la primera camiseta y la despliegan. En la parte delantera tiene un logo de color amarillo en el que, con tipografía Poster Bodoni Codensed, se lee «Virmana».

—Centrate en lo que estás haciendo, ¿querés? Dejá de preocuparte por suposiciones.

Me pide que me centre en el presente, pero yo solo veo el pasado asomando por todas partes.

Horacio agarra la camiseta y se la prueba, encima del jersey. La tela está llena de pequeños agujeros. Quemaduras de cigarrillo, quizá.

Polillas.

O el tiempo.

«A lo mejor podrías buscar un trabajo "de verdad"», quiero decirle, pero no lo hago.

—Tendré que ir a comprar calzoncillos nuevos.

Comprar, comprar, la rueda eterna, los gastos, el entramado social, todo eso que nos hace prisioneros de trabajos de mierda, y a lo mejor es Horacio el que tiene razón, al mandarlo todo al carajo.

Día 138. No compro decapante químico

Horacio afinando la guitarra. Horacio hablando de ensayos, haciendo dieta, saliendo a correr, diciendo, ante las puertas abiertas del armario de la habitación: «Esta ropa ya no me sirve». Horacio sacando las cajas de ropa de su vida de antes y probándosela ante el espejo. Horacio vendiendo sus camisas de estampados serios y discretos en Wallapop.

—De eso se trata, ¿sabés? —oigo que me dice desde la habitación.

—¿De qué?

—De que esté muerto, ¿entendés? Por eso se llama «banda tributo», por eso la gente nos necesita, porque Kurt ya no está justo cuando más lo necesitamos, cuando llegamos a los cuarenta y nos sentimos completamente perdidos. —Horacio entra en la sala con la guitarra y vestido con la camiseta de Virmana llena de agujeritos—. ¿Qué hacés?

—Lijar esta mesa. La he encontrado al lado del contenedor de basura.

—¿Cómo la trajiste hasta acá?

—Arrastrándola por la acera.

—Usá decapante químico. Tardarás siglos —dice, improvisando acordes inconexos caminando de un lado para otro—. ¿Para qué la querés?

—Para dejar algo cuando me muera.

—¿Una mesa?

—No, joder, literatura.

En realidad es una excusa. Si me sentase ahora a esta mesa sin lijar a escribir, no me saldría nada.

Se hace un silencio solo roto por sus cuerdas.

—Pero ¿escribir no es algo que debés hacer de seguido? ¿Como la música? Ir anotando en una libretita ideas y tramas y personajes...

No hay nada como el enfado para decapar una mesa. Voy levantando capas de pintura blanca con la espátula y observo que debajo tiene otra capa azul celeste, y luego otra marrón claro, hasta que asoma por fin la madera desnuda. Escribir es hacer justo al revés, pienso, es ir poniéndole capas marrón claro, azul celeste, blanco, que tapen eso que no queremos que vean pero que está ahí, debajo de todo.

Día 140. No compro raquetas de tenis

Saco mi vieja bicicleta del aparcamiento subterráneo del edificio donde vivimos. He hinchado las ruedas y he engrasado la cadena. El coche sigue en el mecánico, y además hace un día soleado y luminoso. Voy hasta la escuela pública del barrio, que está a un par de manzanas. Leo la lista de admitidos para el próximo curso y veo escrito el nombre de mis dos hijos. Respiro aliviada.

Como hace mucho que no voy en bicicleta y me apetece pedalear un rato, mando un whatsapp al trabajo diciéndoles que tengo médico y recorro los cinco kilómetros hasta la escuela privada donde va Mayor. Pronto será la hora del patio y quizá podré saludarle desde la calle.

La escuela queda justo al lado de un caserón con jardín (que debe de valer cerca de un millón de euros exentos de IBI) donde vive una congregación de monjas. Me limpio los mocos con un clínex arrugado y sucio que saco del bolsillo y me dispongo a tirarlo en el buzón donde pone «Donativos para las hermanas de los desamparados» cuando aparece la madre de un compañero de clase de Mayor. Disimulo guardándome de nuevo el pañuelo sucio en el bolsillo y la saludo. La madre viste una faldita blanca muy corta y zapatillas Nike blanco impoluto y lleva una raqueta en la mano. Qué ajena a todo, he pensado, qué ajena a las tragedias laborales, a los fines de mes, a los grupos de aceptados y excluidos, sean de la escuela pública del barrio o de las fiestas de cumpleaños en castillos de cuentos de hadas. Me sonríe y me pregunta si no la ayudaría a pensar una frase para las tazas que se van a vender en la feria de fin de curso, «como tú eres redactora creativa». Y yo estoy por decirle que sí, que podríamos poner en tipografía gótica de color negro algo tipo: «Disfruta de tus hijos, cada día que pasa se reduce tu reserva ovárica».

Pero en vez de eso le digo que sí, claro, faltaría más. Y ella sonríe mientras cierra desde lejos su Porsche Cayenne con el mando, sin mirar atrás, tan segura de todo, del futuro, de su fin de mes, que me asaltan unas ganas atroces de darle con su raqueta en la cabeza hasta dejarla inconsciente.

Día 145. No compro pequeños cuadritos bucólicos ni toallas amarillas a juego

Abro la tapa del váter para mear y veo el lengüetazo de mierda seco en la pared del inodoro.

«Es muy bonito abogar por la igualdad de género en el mercado laboral y no replantearse quién limpia el váter en casa», decía una economista cuya entrevista leí el otro día en la oficina, en mis largas mañanas de pura nada.

Paseo la mirada por el baño, pero no como hago siempre, pensando en que hay que ponerle cuadritos bucólicos e inspiradores o toallas amarillas a juego, sino como lo hacía mi abuela: con mirada inquisitoria. Y me doy cuenta de la cantidad de mugre que hay por todos lados, de la costra amarillenta de la bañera, de los restos secos de dentífrico en el lavabo. Pienso en cuánto tiempo hace de la última limpieza a fondo. Horacio dijo: «Yo me encargo, olvídate» cuando decidimos que el nuevo replanteamiento económico dejaba fuera a Gladys, que, además de cuidar a Pequeño, nos echaba una mano con la limpieza. Mientras lo decidíamos lo vi, como en una iluminación, como en una aparición mariana, me vi a mí misma con los guantes de goma amarillos, el Pato WC en mano, agachada sobre el inodoro pensando: «Qué limpio ni qué limpio». Me vi, me vi llegando a este extremo, a los límites de la pandemia, el ébola, el tifus, el escorbuto. «Yo lo veo limpio, flaca», me diría ahora mismo si se levantase, con su nuevo cabello revuelto y los calzoncillos negros ocultando una semierección. Hay una lucha, ahí, y no solo contra los gérmenes. Él se rascaría el culo y me metería la mano en el pecho, con los ojos aún cerrados por el sueño, ajeno a este camino hacia la igualdad que él no ha tenido que transitar nunca, con guantes de goma y un Pato WC en la mano. Y he pensado en todos esos hombres llegando al Everest, o al Polo Norte, o a la Antártida, o a la fama, cuando lo que realmente es un hito es llegar aquí, a este lugar donde el inodoro se pierde hacia dentro, esa cueva oscura donde yace el peligro, la agonía, la auténtica lucha de géneros.

Día 161. No compro tortitas de arroz

A la salida de la escuela de Mayor me coloco en la parte de atrás de todo. Me tranquiliza saber que ya no tengo que hacer el esfuerzo de relacionarme, de caer bien a las otras madres. Madres que serían exactamente el tipo de «madres blogueras aspiracionales» de las que hablan en mi trabajo y a las que yo no podré parecerme nunca. Madres que explican recetas con ingredientes de los que yo no he oído hablar en mi vida, madres que viajan a Madagascar y a Nairobi, madres que traen tortitas de arroz o de quinoa ecológica para la merienda acompañadas del comentario «SON SIN GLUTEN», madres que le dicen al taxista, con el taxímetro en marcha y el motor encendido: «Espérese lo que haga falta».

Miro mi bolsa de tela descolorida de una propaganda de helados de la marca para la que trabajaba Horacio, miro mis All Star agujereadas, miro la mano en la que llevo un bocadillo de pan de harina de trigo con todo el gluten del mundo, y me siento como si me fuera alejando de ellas, al igual que en aquellas escenas de *Matrix* en las que los planos se alargan hasta un infinito blanco.

Día 166. No contribuyo a la expansión de Inditex

Observo el vacío que deja mi sujetador entre el pecho y lo que vendría a ser el relleno de aumento. Hace mucho que no me ponía uno de estos sujetadores *push up*. Pero el calor, las camisetas de tirantes, los escotes, la presión social, Beyoncé y las Kardashian de las narices...

¿Cuándo ha pasado esto?

¿Cuándo se ha producido esta elipsis espacial?

No hace demasiado, mis pechos quedaban perfectamente arropados en este sujetador de blonda azul Tiffany. Tenía unos pechos bonitos. No grandes pero sí bonitos y proporcionados. Me doy cuenta de que el pezón se ha desplazado. Se ha descolgado ligeramente.

El cajón abierto de la ropa interior me recuerda a una mandíbula dislocada. Arrojo el sujetador dentro y lo cierro de un puntapié. Me pongo la camiseta escotada sin sujetador. A través de la tela, mis pezones asoman como dos pequeños colgadores infantiles de Ikea. Horacio me mirará con esa cara que significa: «¿Adónde vas así?». Y yo le responderé que si él puede tener veintisiete, pues yo también, y que si vuelve a hacer aunque sea el más mínimo comentario, iré hasta sin bragas.

Hola, verano.

Verano

Día 169. No compro crema depilatoria

Otro día más en el trabajo sin tener nada que hacer, salvo limarme las uñas, encerrarme en el baño de discapacitados a hacer hipopresivos. Ya me he tomado el té, he consultado el correo de empresa, he mirado el personal, el whatsapp y la agenda de papel.

«Debería dejarlo —pienso, como quien habla del tabaco o la heroína—, esto me está matando».

Pero después ¿qué?

¿Los niños?

Abro la cartera y miro sus fotografías de carné detrás del plástico protector, las caritas de ojos claros y almendrados, como los de su padre, y el cabello oscuro, fino y ondulado, como el mío. Alguien va a tener que pagar su manutención hasta que puedan independizarse, tener un trabajo estable, una casa. Miro alrededor y solo veo a becarios de treinta años que siguen viviendo con sus padres. Vuelvo a cerrar la cartera con un suspiro.

Tacho otro día en el calendario. No sé para qué lo hago. No es que quede un día menos para ser liberada, como los presos.

Me pongo a mirar en internet recetas de *banoffee* para que la mañana se demore un poco más, hasta que tenga que ir a mear al baño de discapacitados, donde aprovecharé para hacer hipopresivos y comprobar si necesito una depilación de ingles o puedo aguantar un poco más.

Día 170. *No compro ningún billete de avión a ninguna parte*

Todos pensando en las vacaciones. Mirando billetes de avión en Skyscanner.

Preguntándoles a Ellos cuándo pasarán el formulario donde apuntar qué días de vacaciones elige cada uno; de esta manera pueden controlar que siempre haya alguien en la oficina. Yo siempre soy la última a quien le pasan el formulario. Solo quedan los días que nadie quiere.

Pero Ellos no responden. Es un silencio tan denso que en cualquier momento podría pasar una de esas plantas que atraviesan rodando las carreteras del desierto de Arizona movidas por el viento.

Día 171. *No me saco una hipoteca*

—Debería mudarme —dice Kat, mirando ese espacio que es todo su espacio; si estira sus largos brazos puede casi abarcar las cuatro esquinas de su casa—, ir a vivir a la periferia.

—Usera ya es la periferia.

—Con todo esto de Madrid Río se ha puesto carísimo.

Estoy por hablarle de esa vez que tenía tantas jaquecas que decidí raparme el pelo, pensando que si se trataba de un tumor cerebral me ahorraría el trauma de tener que afeitarme la cabeza.

Ella pone un par de tazas de té en la mesa, que son de juegos de vajillas distintas, y saca una caja de madera repleta de bolsitas de té. El espacio es tan pequeño que apenas puede desplazarse sin pisar las hojas de papel que cubren el suelo donde dibujan mis hijos.

Pienso en nuestros padres, siempre confiando en que iban a tener un trabajo mejor, un coche mejor, una casa mejor, y nosotras planteándonos vivir en lugares cada vez más pequeños, comprando cada vez menos cosas y quedándonos muy muy quietas para que lo que tenga que venir no nos vea y pase de largo.

Día 172. No compro la maldita taza

Es la fiesta de fin de curso de la escuela de Mayor y también el último día que verá a sus amigos. Y aunque hoy sea una especie de despedida, no quiero comprar la maldita taza. Pero ahí están, en la mesita de la entrada, todas dispuestas como las piezas de un juego de ajedrez a punto de atacar.

—Mira, mamá, ¡tus tazas! —dice Mayor, señalando, ignorando las mil trescientas cincuenta veces que le digo: «No se señala, hijo».

Imposible escapar. La madre tenista me mira desde el otro lado de la mesa y me tiende una, sonriendo, diciendo: «Han quedado tan bonitas...». Al final le sugerí una frase tópica que copié de Pinterest. Debería haberme mojado más, haber escrito algo que, leído del revés, tuviese oculto un mensaje satánico. Agarro con fuerza la mano de mis hijos y, dando media vuelta, al grito de «¡Preparados, listos, ya!», echo a correr hacia la puerta de salida; «No miréis atrás», les digo, y ellos se ríen como si estuviésemos escapando de los malos. Lo que no saben es que no se puede escapar de ellos, por mucho que corras, porque nosotros también somos de los malos. Todos lo somos.

Día 174. No consigo salirme de la raya

—Pinta saliéndote de la raya —le digo a Pequeño—, salte de la raya y pinta hasta los bordes del papel, sigue por la mesa y continúa por la pared. Píntalo todo de azul cielo.

Pero él se detiene en los márgenes del papel y duda, y me mira como si estuviese loca. Un escritor decía: «Escribe como si te importase un carajo lo que vaya a pensar nadie», escribir como sacarse un moco en el baño con la puerta cerrada o tirarse un pedo en la cama cuando tu pareja no está.

—Mamá, ¿tú cuando pintas te sales de la raya? —me pregunta Mayor, a su lado, que está dibujando la familia, aunque también podría tratarse de una invasión de zombis.

«¡Pues claro!», estoy por contestarle, pero luego me doy cuenta de cómo estoy ordenando los rotuladores en la caja de latón, de más claro a más oscuro, y ya no estoy tan segura.

—Papá sí sabe.

—Sí, papá sí sabe.

Día 175. No compro las galletas recomendadas por la Asociación Española de Pediatría

—¿Cuándo has dicho que te ibas de gira? —le pregunto, terminándome una galleta mordida que han dejado los niños.

—No es exactamente...

—Bueno, pues todos estos conciertos veraniegos, llámalos como quieras.

—Este sábado debutamos en Málaga, hacen un festival de grupos tributo. Tocamos con los Iron Maidens, los Dead Zeppelin, los Así/Disi, los Drolling Stones...

Me levanto y cojo el calendario de la cocina, uno de esos donde cada número tiene casillas bien grandes para apuntar logísticas familiares. Porque eso es lo que hacen la mayoría de las familias, sentarse a negociar ante la gran pregunta, que no tiene nada que ver ni con el amor, ni con la vida, ni con la muerte, sino «qué días te encargas tú de los niños y qué días me encargo yo».

Día 176. No me voy de gira

—Kat, hoy he pasado por delante de un edificio en obras y no me han dicho ni una sola palabra grosera. ¡Yendo en mallas! —Me desplomo encima del sofá cubierto por un montón de ropa para doblar—. Estoy acabada.

—Amiga, estás genial.

—Estoy genial para tener cuarenta, ¿verdad?, ¿es eso lo que quieres decir?, porque no llevo compresas de incontinencia ni tengo que someterme a una liposucción.

—¿Qué te pasa?

—Me pasa que ahora Horacio tiene veintisiete años, lleva una melena rubia hasta los hombros, se mata a flexiones todas las mañanas, y canta y toca la guitarra en un grupo de música punk; me pasa que voy por calle y las chicas dejan de mirar el whatsapp cuando se cruzan con él, y yo en cambio me sigo pareciendo a Charlotte Gainsbourg pero en *Nymphomaniac* después de que le hayan dado una paliza.

—Ahora viene cuando empiezas a quejarte de tu nariz...

—Si me hablas de la puta personalidad me voy.

—Estas chicas no lo miran a él, miran a un señor que se parece a un cantante muerto, pero que tiene cuarenta años, y casado, y padre.

—Este verano se va de gira.

—Dile que imposible, que justo en tu calendario tienes anotado que somos nosotras las que nos vamos de gira.

—¿Dónde?

—A un ashram.

—No, tía, a un lugar sin alcohol ni drogas ni sexo no, no jodas.

Me río y ella se ríe y apuramos de un solo trago la taza de té verde. A los cuarenta la teína es el nuevo tequila.

Día 177. No tengo vacaciones cuando los niños ya están de vacaciones

Entramos en el polideportivo del barrio donde se celebran las colonias de verano subvencionadas por el Ayuntamiento. Se nos acerca un monitor vestido con un disfraz de pirata de aspecto tan sintético y barato que tira para atrás, a darnos la bienvenida.

—¿Es la primera vez que vienen? —Y, dirigiéndose a los niños—: ¿Cómo os llamáis?

Los niños no responden.

El monitor abre el portafolios que lleva en las manos. Tiene una hoja con una lista de nombres. No sé por qué pienso en la lista de Schindler.

Finalmente hablo yo y digo sus nombres. Después vuelve a tomar la palabra el monitor pirata, sobreactuando:

—Bienvenidos a bordo del multiespacio de aventuras, ¡tripulación!

Detenidos en el umbral, mis hijos me miran desde allí abajo, más cerca del suelo de lo que yo estaré nunca. Sé que están a punto de echarse a llorar. Una fina capa acuática titila en sus pupilas.

—Será divertido —les digo. Pero me sale un tono de voz fúnebre.

Ellos se agarran a mis piernas mirando a su alrededor.

El monitor pirata les tiende la mano.

Sé que querría ser Jack Sparrow.

Pero se parece más al payaso de McDonalds después de haber encadenado cuatro fiestas de cumpleaños seguidas.

Entramos los tres.

Lo que el monitor llama «multiespacio de aventuras» es una pista de cemento a cuarenta grados donde cualquier elemento natural parece haber sido arrasado. No hay árboles de cortezas rugosas por donde poder trepar, ni piedras, ni arena, ni troncos o palos para hacer cabañas, ni matorrales donde jugar al escondite. Solo estructuras hinchables o blandas o acolchadas o de gomaespuma. Los espacios de juego infantiles se van convirtiendo en víctimas de las pólizas de seguros, donde todo lo que es divertido puede provocar accidentes.

Al mismo tiempo, los niños se van volviendo, también, seres blandos y acolchados. «Oh, la comida basura», se quejan. Pero no es eso. Es pura simbiosis con el medio.

Me agacho y empiezo el largo proceso de despedida.

Día 179. No compro pomadas para la dermatitis atópica

—Llora.

—Sí, lo oigo.

—¿Vas vos?

—Siempre voy yo.

—Yo no puedo darle el pecho.

—Tenemos que desacostumbrarlo. Si vas tú, a la larga, dejará de mamar...

—Si voy yo llorará más.

—Seguro que intuye que te vas mañana.

—Tiene dos años. Ni siquiera sabe qué día es mañana.

—A lo mejor es por el campamento de verano. El monitor iba disfrazado de perturbado.

—¿No era un campamento sobre piratas?

—Sí, déjalo.

—Cuando iba a la guardería decías que lloraba por la guardería. A lo mejor no llora por ninguna de estas cosas.

—A lo mejor es por la dermatitis.

—¿Qué dermatitis?

—¿Le pusiste avena en la bañera?

—¿Avena? ¿De qué hablás?

—Sí, avena. Hay un paquete en el cestito azul del baño.

—¿No hay una pomada para eso?

—La pomada lleva corticoides.

—Las cosas siempre están hechas con cosas.

—Si esperamos un rato igual se calma.

—Nunca se calmó solo.

—La dermatitis es por la polución.

—Entonces ¿vas vos o voy yo?

—Es más fácil fabricar pomadas con corticoides que diseñar políticas de restricción del tráfico.

—Dejalo, voy yo.

Y Horacio, por fin, se levanta. Que es como si yo hubiese ganado, aunque luego me siento como si hubiese perdido.

Día 180. No compro bronceador

Por la mañana: «Chau, chau, linda», y toda la retahíla de te quiero, te llamo, vuelvo en dos días, pasará muy rápido, ya lo verás.

Un beso, otro beso, sus labios gruesos como una superficie inabarcable encima de mi boca. El hoyuelo de su barbilla como una segunda boca minúscula. Allí también le doy un beso.

—¿Cuánto tenéis hasta Málaga?

—Unas cinco horas.

—Conduce con cuidado, ¿de acuerdo?

«Vuelve Virmana, la banda tributo más esperada», rezan los carteles que se amontonan en la parte trasera de la furgoneta, junto con las fundas de las guitarras, los amplificadores y un montón de cables. No sé de dónde han sacado todo este material, si es alquilado y cuánto habrá costado, si los otros dos miembros del grupo lo seguían guardando y para qué lo seguían guardando. Miro a los otros dos tipos, el batería y el bajo, su aparente ridiculez, las viejas camisetas de Virmana que ya les están demasiado ceñidas, las melenas menguantes, y en cambio Horacio... Horacio yendo marcha atrás con la furgoneta, pero no solo con el vehículo, todo su ser, al completo, viajando hacia atrás en una máquina del tiempo hasta los veintisiete años. Parece un adolescente despidiéndose de su madre. Una madre que tiende hacia el suelo, la gravedad haciendo que los órganos caigan, se descuelguen como escaladores descendiendo un ocho mil, exhaustos. Aguanto dos, cuatro, doce segundos en apnea contrayendo mi suelo pélvico. Acaricio a mis hijos como diciendo yo soy capaz de esto, de parir a pelo gritándole al mundo lo que ningún músico podrá cantar nunca, pensando que si me apresuro un poco y preparo deprisa el desayuno...

—Podríamos ir al teleférico, ¿os parece?

Mis hijos saltan felices y yo saludo sonriendo a la furgoneta que ya se va, alejándose, fingiendo que soy una madre de esas a las que no les interesan ni el punk, ni los festivales de música, ni los viajes en coche, que todo eso se expulsa del algún modo al noveno mes con la placenta.

Día 181. No me hago ningún tatuaje

Llama Horacio muy temprano con voz pastosa; «No te oigo bien», le digo, y me paseo por la casa para ver si mejora la cobertura. Los pequeños saltan a mi alrededor con sus pijamas de verano de rayas de colores gritando: «¡Quiero hablar con papá, quiero hablar con papá!», y yo camino más rápido, alejándome de los gritos. Escucho su voz lejana que cuenta que el festival muy bien pero que ha bebido demasiado, que ya no está acostumbrado, que todos están drogados, que él no, que a él le baja la tensión, que está muerto pero los otros no quieren ir aún al hotel, que se va a dormir a la furgoneta, «¿A dormir? ¿Aún no te has acostado?», y vuelvo a mirar la hora en el reloj de la cocina que hace un rato me pareció que marcaba las ocho, pero en cuanto me desplazo de nuevo lo pierdo, hay partes que no oigo; les digo a mis hijos que no hay que interrumpir a los adultos, que es importante que mamá hable con papá, que si ellos están en el mundo es porque mamá y papá, un día, hablaron.

«Tendrías que estar acá —me dice—, me gusta estar con vos».

Me encierro en el baño y me quedo a oscuras, siempre me olvido de que el interruptor está fuera.

—Y a mí, Horacio, me encantaría estar ahí.

Me llevo la mano a la entrepierna y me imagino que está llena de peces y dragones chinos, como ese tatuaje que nunca me hice.

—No, a vos capaz que todo esto te parecería un embole —me responde.

Su voz pastosa se me mete dentro y pienso en su cuerpo, en lo lindo que es follar medio ebrio, dejando que la ropa caiga al suelo sin tener que preocuparme por el desorden. Dejando que las sábanas caigan, y los almohadones caigan, y su semen por encima de mi entrepierna, como espuma de mar de este tatuaje invisible, que se desliza por mis muslos cuando me levanto después del polvo, a tientas, a hacer pis.

Día 182. No compro sándwiches de la máquina expendedora

Horacio ya ha vuelto. Le he dicho que llevase él a los niños al campamento.

Él se ha quejado, «Oh, el cansancio».

Yo le he señalado el calendario de la cocina, donde en la casilla correspondiente dice que le toca a él, hoy, encargarse.

Y he venido al trabajo. Donde todo sigue con la normalidad habitual.

Aunque debería llamarlo «anormalidad».

Hace un tiempo echaron a mi compañera, la que era mi pareja creativa, que no había querido reducirse la jornada porque según ella era una persona demasiado «comprometida» con su trabajo. Lo decía como si la palabra *comprometida* fuera una salpicadura de ácido corrosivo en mi cara.

«Yo progresaré», decía.

«Ellos reconocerán mi sacrificio», decía.

«Tendré mi recompensa», decía.

La echaron un viernes, justo antes de las vacaciones de Navidad. Nunca le explicaron por qué.

Desde entonces, frente a mí hay una mesa y una silla vacías. A veces juego a imaginarme que van a contratar a alguien y que será amable y compartirá sus *briefings* conmigo. A veces me imagino lo contrario, que contratarán a alguien que me maltratará, que me insultará, que me infectará el ordenador de virus para que me vaya. Y así la mía será también una mesa vacía, un espejo de la mesa que tengo enfrente.

La vida siempre tiende a la simetría.

Día 184. No compro comida con el suficiente omegaloquesea

Escribo en apnea, literalmente, escribo reteniendo el aire en el estómago, tensando los abdominales transversos, escribo en apnea sobre la nada. Sobre las seis horas de vacuidad laboral de esta mañana con el suelo pélvico haciendo el vacío. Como un símil. Sabiendo que escribo en vano, que estas palabras puestas una al lado de la otra de esta forma tan pulcra sobre el espacio en blanco las usará alguien de posavasos para su taza de té, su porra grasienta regurgitando crema pastelera. Escribo para nada. Para los desechos de la podredumbre del sistema. Para el vómito de los gusanos que viven en los desechos en descomposición de la podredumbre del sistema. Conteniendo el aliento. Reprimiendo las náuseas. Cuando escribir debería ser como escupir, como expulsar el aire y los demonios, como quitarse el sujetador de aros, como defecar, como vomitar, como sacarse el pus de una espinilla infectada.

Día 185. No compro gazpacho en brik

Camino del trabajo hago una parada en la frutería. Horacio no compra provisiones, Horacio compra excedentes. Pepinillos en vinagre con ligero toque ahumado, galletas saladas con relleno de vainilla y limón, caballa en escabeche, palmitos en conserva, cerveza sin alcohol con sabor a pomelo rosa. Yo, en cambio, voy llenando la bolsa de tela rosa de champiñones, brócoli, lechuga, y fresas, tomates y apio para el gazpacho. La dependienta es una mujer ojerosa y pálida que lleva la cabeza cubierta con un pañuelo. Pienso que a lo mejor tiene cáncer. Hablamos del calor, de las ganas de tomarnos un buen gazpacho. Me alaba las virtudes de un gazpacho en brik, ya listo para consumir, que es casi como el de verdad. Eso es lo que dice: «Casi como el de verdad».

Junto a la frutería hay una charcutería donde venden chóped lleno de nitritos y nitratos. El dependiente de la charcutería, en cambio, no tiene pinta de tener cáncer.

Pero en la charcutería no me detengo. Me cuelgo la bolsa a la espalda, pasando un brazo por cada asa, y agarro la bicicleta. El camino de ida siempre es de bajada y me dan ganas de no parar en el cruce que conduce a mano izquierda al parque empresarial donde está la agencia y seguir con la inercia calle abajo a toda velocidad, tarareando «The Passenger», para ver qué hay más allá del gran edificio de Ibermutuamur; a lo mejor no hay nada más que idénticos edificios uno al lado de otro, pero a lo mejor sí, a lo mejor ahí está el atajo, el que lleva al lobo.

Día 186. No compro nada, a pesar de todo

Tengo que comprar hilo azul y coser unos dorsales a los niños para la competición deportiva del campamento de verano, pero ya no hay mercerías. «Emancípate —nos dicen—, sé una mujer ambiciosa, autosuficiente, sé una entidad económica independiente». Digo «nos dicen» como si se lo inventaran otros, como si yo fuera una víctima, pero esos otros somos nosotros, los publicistas, soy yo. Vendo mentiras para una compañía de telefonía que provoca el suicidio masivo de su plantilla, pero sí, soy una mujer liberada, una mujer con paso firme, tarjeta de crédito y fondos de inversión, bueno, fondos de inversión no, pero podría tenerlos, podría ser la misma que protagoniza los anuncios que hacemos en mi oficina. Así cierran las mercerías, nadie quiere coser, hacer tareas pequeñas, queremos ascender hasta el infinito, presidir compañías, dirigir multinacionales, ganar lo suficiente para poder pagar el sueldo de una mujer que cuide de nuestros hijos para que nosotras podamos trabajar suficientes horas y ganar suficiente dinero para pagar a esta mujer que cuida de nuestros hijos.

Llego agotada a la oficina después de haber recorrido un perímetro de cinco kilómetros sin haber conseguido hilo azul y veo pasar a una mujer con un andador, dando pasos pesados, cada vez que levanta el pie hace una mueca de esfuerzo sobrehumano. Una vecina, al cruzarse con ella, le suelta:

—¿Cómo andas?

—Pues bien.

Empezamos engañándonos a nosotros mismos y así cuando nos engañan los demás ni nos damos cuenta.

Al entrar me encuentro a una compañera esperando el ascensor; «¿Qué tal, cómo estás?», le pregunto; «¡¿Por qué lo di-

ces?!», me responde ella, visiblemente irritada. Mi jornada reducida como una falta de compañerismo. Durante todo el trayecto
en ascensor evitamos mirarnos a la cara. Después nos dirigimos en
silencio hacia nuestros puestos de trabajo que ya no nos dignifican. Ya no hay promociones, ni aumentos de sueldo, ni reparto
de beneficios, ni remuneración de horas extras, como antes, como
en los noventa, cuando trabajar era divertido, tenía veinticuatro
años y llevaba las faldas tan cortas como el cabello. A veces, el
director de arte con el que trabajaba me llevaba a la última sesión de cine y a la salida me invitaba a darle unas caladas a su
porro. Ante mis ataques de tos y mi poca experiencia se reía y me
preguntaba: «¿Y qué es lo que te han enseñado en tu pueblo?».
Y yo pensaba en las clases de costura a las que me apuntó mi
madre, donde aprendí punto de cruz, ganchillo, bordado, tareas
pequeñas que se hacen en silencio, con las manos pegadas al
corazón y la cabeza gacha.

Día 187. No voy a ninguna parte

Miro el calendario.
Horacio está camino de Bilbao. «BBK live», pone.
Todo ese montón de fines de semana señalados en rojo con
el nombre de festivales de música en los que yo no he estado
nunca.
No sé qué hice en mi adolescencia.
Escuchar a Nirvana. Escribir en la libreta de tapas negras.
Masturbarme.

Día 189. No compro cosas raras para cenar
aunque sí tengo pensamientos raros

—Es raro.

—¿Qué es raro? —dice Horacio, y la cocina se llena del vapor de la cerveza que ha echado por encima el pollo cuando abre la puerta para ver si ya está cocido. Pienso que usa las ofrendas gastronómicas para expurgar la culpa de sus ausencias.

—¿Lo he dicho en voz alta?

—Sí.

—Ah.

—¿Te referís al olor?

—¿Olor? ¿Qué olor?

—El del pollo. Por la cerveza —dice apartándose el largo mechón de cabello rubio que se le escapa una y otra vez de detrás de la oreja, como si fuera más corto que los otros. Le cae trazando una línea que le divide la cara en dos mitades.

«Tú, tú te me haces raro», pienso.

Me acerco y le aparto el mechón. Tiene un tacto diferente, extraño también, que me recuerda al de una muñeca Barbie que tenía de pequeña.

A veces me pregunto quién es.

Pienso en toda la cantidad de tiempo que nos obligan a perder en trámites para demostrar que somos quienes somos, en las comisarías de policía, en las renovaciones de documentación, en los bancos, en los organismos oficiales, en la Seguridad Social, en Hacienda. El tiempo y las citas y las esperas y el papeleo, y las carpetas que tenemos que comprar con compartimentos diferentes para guardar todo ese papeleo que nunca encontramos cuando lo necesitamos y que tenemos que volver a pedir, a hacer cola, a esperar el turno, a firmar y volver a firmar y tener cuidado con que la firma sea siempre la misma, y recordar el número que nos identifica. Tanto tiempo que nos lleva todo esto para luego pasarnos la vida preguntándonos quiénes somos, quién es el otro, qué hago yo aquí.

—Pensaba en cosas, en nada.

Ojalá pudiéramos analizar sintácticamente los pensamientos de la misma manera que analizábamos frases en clase de lengua, trazando líneas y relacionándolas unas con otras para acabar con un esquema en árbol y observar el resultado, tan bonito, tan ordenado, tan lógico.

Horacio vuelve a abrir el horno.

—¡Ya!

Se pone las manoplas, contento como un niño, para sacar la bandeja de su interior. Su «ya» sigue sonando como «sha», y eso me tranquiliza. Dentro de este señor rubio que es igual que un cantante suicida aún está Horacio. El acento porteño como una brisa suave meciendo la superficie del Río de la Plata.

Cuando no se tienen objetos nuevos a los que aferrarse, hay que aferrarse a las palabras.

Él deja la bandeja del pollo sobre la vitrocerámica.

—Pitará —le advierto.

Pero no me hace caso y coge el cuchillo grande para descuartizar el pollo, que, al cortarlo, hace un ruido como de toalla empapada.

De nuevo el mechón de pelo sobre la cara. Desde atrás parece otro. Me pregunto si alguna vez volveré a follar con un desconocido y sé que no. A no ser que Horacio me deje o se muera.

Cuando se gira hacia mí debo de estar poniendo esa cara porque, aún con las manopla puestas, me mete la mano por debajo de la camiseta, encima del pecho. La tela está tan caliente que hace que se me humedezcan las bragas.

—Querés...

—Pitará —le repito, pero más flojito.

Cierro los ojos y siento el contacto como de textura sintética de su mechón contra la piel de mi cara. Podríamos ser dos desconocidos. De hecho, lo somos. Cuántas parejas que han pasado una década de años juntas no se dicen esto: «Ya no te reconozco».

—Los niños... —digo con la boca llena de él, de su mechón, de su lengua. La manopla se me mete por dentro de los vaqueros.

«Será como una orgía —pienso—, su yo y mi yo y todos nuestros yoes posibles».

Me empuja con su cuerpo contra la barra de la cocina y allí donde debería sonar la banda sonora sinfónica que ponen en las escenas de tensión sexual, lo único que se oye es el estruendo de los taburetes que me llevo por delante, cayendo uno encima del otro, como en un juego de dominó, contra las baldosas de la cocina.

La vitrocerámica comienza a pitar.

El pollo maldito.

Y en ese estrépito aprovecho para hundirle la lengua hasta lo más profundo, hasta donde no llegó nadie antes, esperando que no se dé cuenta de que no lo estoy besando a él, que estoy besando a otro. Una fantasía. A un desconocido.

Día 190. Ya no compro tequila

También era una calurosa noche de verano. Hacía ocho años y tres meses que Kurt Cobain se había apuntado con el cañón de una escopeta de calibre 20 en la barbilla. También tenía veintisiete años, los mismos que cumplía yo aquel 12 de julio. Para celebrarlo, Kat había decidido arrastrarme hasta Hospitalet y, escaleras abajo, hacia un bar oscuro y sumergido en la neblina del tabaco, porque era antes de que se prohibiese fumar en los bares, una época en la que había hombres y no existían las aplicaciones.

—Sé que invitarte a ver a una mierda de grupo tributo con un cantante que trata de imitar a Kurt Cobain como regalo de cumpleaños no es la hostia... —me iba diciendo Kat—, pero si nos metemos un par de copas o tres no nos parecerá tan terrible. Y así al menos te saco de casa.

Yo bajaba de mala gana. No por el grupo tributo o por el cantante que trataba de imitar a Kurt, sino por las ganas de morirme después de que el amante de turno me hubiese dejado tirada confesándome que no estaba preparado para que eso nuestro evolucionase. En realidad había usado la palabra *utveckla*, porque lo dijo en sueco. Yo no quería evolucionar, solo quería dejar el elixir bucal en su casa, en su maldito armarito de baño Storjorm, porque era demasiado pesado para andar cargándolo en el bolso. De cuando aún compraba elixir bucal.

—Tequila —le respondí con voz mecánica.

—Voy a pedírtelo a la barra. Coge sitio delante.

En la pequeña pista de enfrente del escenario solo había media docena de tipos apestando a sudor y un grupo de chicas con el pelo teñido en varias tonalidades desde el verde al magenta. No me apetecía estar ahí. Preferiría haberme quedado en casa, en el sofá, viendo la saga completa de *La guerra de las galaxias* y comiéndome un paquete entero de galletas Príncipe, pero de repente el cantante apareció en el escenario, en medio del haz de luz del foco. Era Él, eso es lo que pensé: «Es Él». Con el pelo desaliñado y teñido de un rubio sucio que contrastaba con las raíces más oscuras, barba de tres días que parecía enmarcar un precioso hoyuelo en la barbilla, ojos claros de aspecto triste y perdido, un jersey de rayas tres tallas más grande que solo mostraba la yema de sus dedos rasgando las cuerdas de la guitarra eléctrica a modo de presentación. Y entonces levantó la mirada y me vio. En realidad era fácil verme, porque la pista estaba prácticamente vacía y yo estaba delante de todo. De pie. Sola. O desolada, más bien. Tan frágil, tan pálida, vestida con la camiseta blanca interior del hombre que acababa de dejarme y que era lo único que me quedaba de él.

—¡Es él! —le grité a Kat, agarrando el vasito de tequila sin dejar de mirarlo.

—Sí, bueno, la verdad es que se parece mogollón al cantante...

—No, me refiero a que es Él, a que lo he encontrado ¿entiendes? —Y él, ÉL, seguía repitiendo el estribillo «I do I do I do I do», que en mi cabeza reverberaba como «es Él es Él es Él es Él es Él».

Y nunca sabré si realmente fue Él porque tenía que ser Él-rollo-el-destino y todas estas cosas, o si fue él como podía haber sido otro, porque estaba ahí en un momento de desesperación.

El amor como esa línea de corchos que nos salva del agotamiento en la piscina olímpica.

Día 191. No nado en piscinas de noche

Horacio me dice si me apetece un poco de helado de chocolate poscoital. Le digo que sí pero que prefiero que no, que luego tendré que levantarme de la cama a lavarme los dientes y me da pereza. Él se ríe haciendo un gesto con la cabeza, como diciendo: «Sos demasiado estructurada». Él dice que antes no era así, y yo pienso: «Che, lo que fueron esos años». Me acuerdo de esa noche después del concierto donde nos conocimos, en el hotel, pidiéndole: «Vayamos a la piscina», y él respondiendo: «No se puede, es de noche, está cerrada», y yo insistiendo en que se suponía que era un cantante punk y que debería estar tirando el televisor o las sillas de la habitación por la ventana, que no le pedía eso, solo saltar la ridícula cuerda que franqueaba el paso hacia la piscina.

Que eso es lo que habría hecho Kurt Cobain. Y no solo eso. Se hubiese tirado a la piscina en pelotas y se habría meado en el agua.

—Yo —que sonaba como «sho»— no me parezco nada a Kurt Cobain.

—Pero ¡si eres clavado!

—¡Qué decís! Esto es un rubio de pega. En realidad soy castaño, no me gusta colocarme y tengo muy poco espíritu punk...

Para entonces ya estábamos sentados en el borde de la piscina, con los pies descalzos dentro del agua turquesa iluminada con focos sumergidos.

—Ni siquiera estuve nunca en Aberdeen o en Seattle.

—Argentino, ¿verdad?

—Sí.

—Tu acento...

—Porteño.

—Yo tampoco soy Patty Smith —le dije bromeando—, aunque me parezco.

—No te le parecés nada.

—¿En serio? Siempre he querido ser ese tipo de mujer que puede decir: «Teniendo este físico, qué me importa no ser guapa».

—Sos ese tipo de mujer.

—O sea, ¿que no me encuentras guapa? —le respondí, haciéndome la ofendida y salpicándole con el agua de la piscina.

—¡Yo no dije eso! —exclamó él, cubriéndose con las manos—. Dale, volvamos a empezar —dijo mientras me tendía la mano, haciendo el gesto de presentarse, y me daba cuenta de que él también era zurdo, como yo—: Horacio.

—Encantada, Horacio —respondí, devolviéndole el apretón de manos.

—Es un nombre muy poco artístico, ¿no creés?

—El protagonista de *Rayuela*, de Julio Cortázar, se llama Horacio.

—Lo sé. Me lo hicieron leer en la escuela.

—Así que es lo suficientemente poético.

—¿Erótico?

—He dicho «poético». «Toco el borde de tu boca, con un dedo toco el borde de tu boca...».

—Eso es erótico —dijo él mientras acercaba la mano a mi hombro desnudo, cazando con la yema de su dedo unas gotitas de agua.

—Poético.

—¿Te sabés todo el libro de memoria? —De repente estaba tan cerca de mí que podía oír su respiración. O tal vez era su respiración en sí, que se había vuelto más ruidosa y agitada.

—Solo el séptimo capítulo.

—No me has dicho cómo te llamás.

—¿Para qué?

—Necesito tu nombre y tu número de teléfono.

—No vas a llamarme.

—A lo mejor sí, a lo mejor te llamo.

—Los hombres siempre decís eso.

—Yo no, yo lo digo aposta.

Vuelve Horacio con el tarro entero de helado y dos cucharas. Pienso en cuánto hace que no me salto las normas, que no leo el séptimo capítulo de *Rayuela*, que no nado en piscinas de noche.

—Dale —me dice, señalándome la cuchara.

—¿El viernes vuelves a marcharte?

—Sí.

—¿Adónde?

—Benicàssim.

—¿Al festival de música?

—Bueno, sí y no. No estamos en el cartel oficial ni nada de eso. Tocamos en la sección *off off*.

—Ah.

—Te llamaré, *okey*?

«No me llamarás. Los hombres siempre decís lo mismo. Y después...». Acuden a mi garganta todo ese tropel de palabras, aunque a lo mejor solo es el regusto amargo del chocolate o tener las piernas dentro de una sábana que mañana se tendrá que lavar en programa largo para que se vayan las manchas del helado y no en una piscina de agua turquesa iluminada desde abajo con focos subacuáticos que nos dejan en la parte oscura del fotograma.

—No es necesario que me llames, estarás muy cansado —le digo al final. Y me trago la bocanada de bilis agria hacia el fondo del esófago.

Día 192. *No compro precocinados*

He comprado sepia, aunque no sé cómo cocinarla. Me encanta la sepia, esa textura que parece que me esté comiendo la córnea de un dinosaurio. Pero desconozco si hay que golpearla contra algo, como se hace con el pulpo, para que se ablande.

En algún momento hay que hacer estas cosas, hay que enfrentarse a los monstruos.

Día 193. *No compro ibuprofeno*

Es viernes y los viernes las compañeras del trabajo llegan tarde, arrastrándose y con gafas de sol que no se quitan ni para mirar la pantalla del ordenador. «Qué resaca», me dicen, como si su vida fuese la hostia de interesante y la mía un programa de esos de sobremesa en los que hablan de recetas bajas en sodio. Yo no tengo resaca, he llegado a las nueve después de despedirme de Horacio, de dejar a los niños en el campamento de verano, aseados, desayunados y con sus constantes vitales estables. Pero por alguna razón ellas parecen más felices, agitando las cucharitas en sus vasos para disolver el ibuprofeno.

La oficina está en calma. Ellos no están. Pero es esa calma chicha de la que hablan los patrones de barco en las películas de miedo, con la mirada sombría puesta en el horizonte.

Día 194. *No compro paraguas*

Son las seis de la madrugada y Pequeño lleva una hora despierto. Él y, por ende, yo. Hay una tormenta terrible, con relámpagos y truenos tan fuertes que tiembla el edificio entero. Pequeño se estremece y se abraza más fuerte a mí.

—¡Papá! —dice, llorando—. ¡Papáááá!

—Papá no está, pero también te echa mucho de menos —le digo, besándole en cada mejilla, los pequeños círculos húmedos de las lágrimas.

Él me señala los ventanales del salón, que dan al patio, como si desde ahí se pudiese ver un fragmento distinto de lluvia del que se ve desde la habitación. Miro fuera. Podríamos golpear las baldosas, dinamitarlas, debajo tiene que haber arena.

Arena. Semillas. Una pequeña tomatera.

El estruendo de un trueno hace temblar los cristales. Pequeño se asusta de nuevo y esconde su cabeza en mi pecho.

—A veces el cielo también se enfada —le digo.

Día 196. No hago nada

—¿En qué estás? —me preguntan Ellos. Pulso la tecla del ratón y cierro rápidamente el documento en el que escribía.

«Estoy en la silla», me dan ganas de contestarles. Es algo concreto, algo objetivo, algo que nadie podría discutirme.

Oigo cómo uno de Ellos hace tintinear las llaves de su coche con la mano que tiene en el bolsillo. O a lo mejor son monedas. O pilas de botón radiactivas.

—Vamos a reunirnos todos —me dicen.

Sigo sentada sin moverme, porque ese «vamos» sé que no me incluye. Que simplemente me están informando por si viene la secretaria, o traen un paquete, o llama alguien.

—Tú —me dicen—, tú también.

Y entonces sé que es grave.

Día 201. *No compro bayas de goji*

Llama pero no oigo lo que dice. Mucho ruido de fondo de otra banda que está tocando. Me habla de alegría, de aplausos. Me habla de público. Me habla de realización. Yo quiero contarle lo del trabajo. Pero de repente me parece que soy una de esas personas que se quejan todo el tiempo, así que finjo alegría, finjo aplausos, finjo realización. Le respondo como trescientas veces: «¿De verdad? ¿En serio? ¿Me lo juras?».

Como si eso pudiese ocultar la ira.

La ira se esconde en el hígado, dicen; a lo mejor estoy desarrollando una hepatitis o un cáncer hepático. Me tendrán que cortar un trozo para hacer una biopsia y luego me preguntarán qué quiero que hagan con él, si lo quiero enterrar, si lo quiero incinerar, la lista de precios de cada procedimiento. Esto es lo que hacen con las piernas amputadas. O con los brazos.

«Dádselo a los perros», les diría.

Supuro esa cantidad de mala leche.

A lo mejor a mi hígado le está saliendo una pelusilla, como de bigote hitleriano.

Día 204. *No compro nada a plazos*

«La compañía de telefonía francesa dice que no comprendemos su política corporativa. La compañía de telefonía francesa opina que nuestra idea de felicidad y su idea de felicidad no encuentran ningún punto de convergencia. La compañía de telefonía francesa está pensando deslocalizar los servicios de publicidad».

Yo quiero levantar la mano para preguntarles a qué se refieren con todas estas palabras que parecen tan importantes: *política corporativa, convergencia, deslocalizar*.

El director de cuentas sentado a mi lado me susurra: «Eso significa que nos mandan a la mierda y que los de la agencia de publicidad de Macedonia les ofrecen lo mismo por la mitad de precio».

Todo esto, acompañado de una escenografía: Ellos de pie caminando en círculos alrededor de la mesa de reuniones, haciendo un gesto a la secretaria para que deposite una caja de pañuelos de papel en el centro de la mesa mientras prosiguen con su discurso impenetrable, quizá solo comprensible para lectores habituados a registros del tipo del del periódico *Expansión*.

Cuando terminan de hablar, mirándonos a la cara, nos señalan como si fuéramos los culpables de la catástrofe. Por no habernos esforzado lo suficiente, por no haber puesto suficiente ilusión.

Pero Madrid no es París.

Aquí eso no nos lo creemos, por eso no nos suicidamos.

Y en parte es verdad, nos hemos pasado la mitad del tiempo laboral mirando Facebook, esperando que Ellos se fuesen a su puta casa para poder salir antes de que cerrasen el Mercadona a comprar algo de cena.

Además, a diferencia de Francia, aquí no existe el concepto de pueblo, de unión, de todos contra Ellos. Aquí estamos todos contra todos.

También quiero levantar la mano para preguntarles qué pasa conmigo, con mi reducción de jornada, que me protege ante los despidos. Pero sé que me soltarán toda esa palabrería. «Falta de solidaridad —dirán—, falta de compromiso, de compañerismo».

Recito en voz baja mis palabras preferidas, como un hechizo que me tuviera que proteger del mal.

Aixopluc.

Acotxar.

Nitroglicerina.

Día 205. No compro crema reafirmante

Suena un oboe tan agudo en mi radiodespertador que valoro no solo apagarlo, sino además vaciarle el vaso de agua entero de la mesilla. Antes me quedaba cinco minutos más holgazaneando, pero hace poco leí en un artículo que eso es fatal para el ritmo circadiano, así que me levanto, me voy al baño y abro el grifo de la ducha. Primero sale helada, después hirviendo, después helada otra vez. Veo la toalla de Horacio en el suelo detrás de la puerta, la agarro y la meto en el cesto de la ropa sucia. Podría mentirle, decir que a mí también van a echarme. Entonces él tendría que dejar el grupo, dejar la gira y volver a ser un padre normal buscando un trabajo normal.

—Pero ¿eso es lo que quieres? ¿Un padre normal? ¿Un hombre normal? ¿Con su traje y camisa a juego, sus conocimientos básicos en fontanería, su sueldo a fin de mes, sus partidos de pádel? —me pregunta mi reflejo en el espejo. Un reflejo que tira hacia arriba de la piel de sus pechos hasta que el pezón vuelve a quedar en el epicentro. No comprar nada me exime de la culpa de no hacer nada al respecto: crema reafirmante, gimnasia pectoral, tratamiento quirúrgico, sujetador reforzado. Porque también está lo otro, las otras posibilidades más aterradoras: la mutación celular, el tumor, la metástasis.

Día 207. No compro un paquete vacacional

Nos han dicho a los trabajadores que nos vayamos de vacaciones.

Que a la vuelta decidirán todo lo que tienen que decidir.

Las vacaciones son días de descanso para todos, menos para las madres.

Día 209. Agosto

No llueve y las alertas por polución están disparadas. «No saque a los niños al aire libre», dicen. Y dudas incluso de si abrir las ventanas para ventilar. ¿Es preferible morir asfixiado, o de una obstrucción pulmonar?

—Estaba pensando en irme unos días de Madrid, llevarme a los niños a algún lugar donde no esté desaconsejado respirar.

Es probable que Horacio me esté escuchando desde la ventana de un hotel con vistas al mar. Benidorm. Benicàssim. Benicarló. Diría que puedo oír al fondo las olas del mar, o a lo mejor solo es la deficiencia de cobertura.

—Esperá... —me dice—, salgo afuera que no te oigo bien, no cuelgues.

Me encantaría que me pidiera que me vaya con él de gira, haciendo el amor de madrugada en hoteles de mala muerte tras asaltar el minibar. Pero es evidente que no se puede ir de gira con niños pequeños. Será eso por lo que, llegados a una determinada edad, hay tan pocas mujeres que tengan bandas de rock o que ni siquiera se lo planteen. O quizá sí las hay, pero son invisibles y tampoco salen en los carteles oficiales, ni siquiera en los del *off off*. Las mujeres siempre hemos sido educadas para ser anónimas y ocupar el mínimo espacio posible.

—Decí —me dice finalmente, como si terminase de abrir la puerta que lleva del silencio a las palabras.

—Que me iré unos días, quizá ya no nos vemos hasta que volvamos nosotros.

Pero al otro lado de la línea solo se oye de nuevo ese rumor. Que suena a fondo del mar o a la profundidad del universo. Lugares donde nadie puede oírte por mucho que grites.

Día 215. Costa Brava

Moriremos todos por falta de vitamina D. Pero mi madre sigue insistiendo que si el sol, que si los rayos ultravioleta, que si los niños, que si los melanomas.

Le hablo del fenoxietanol, de los parabenos, de los microplásticos. Los niños, sus espaldas como superficies vírgenes donde los rayos UVA del sol caen en picado como la espada de Darth Vader. Mi padre acomoda la sombrilla en la arena para que su sombra llegue hasta ellos. Luego se mete debajo, junto a mi madre y junto a mí. A pesar de eso, creo que es más espacioso el diámetro de este círculo de lona de rayas azules y blancas que toda la superficie del apartamento.

Los apartamentos de playa, dicen ellos, no son lugares donde estar. El lugar donde estar es aquí, en la playa.

Los veraneantes del Empordà hablan despectivamente de esas otras zonas de la península, dicen despectivamente: «Paquetes vacacionales, todo incluido, Marinador ciudad de vacaciones qué guay» como si escupiesen bilis, como si ellos estuvieran a salvo de todo eso. No se dan cuenta de que todos estamos viviendo en una «ciudad de vacaciones qué guay». Un lugar donde todo es prefabricado y de mentira. No se dan cuenta, no, y mientras tanto se esparcen otra capa gruesa de crema solar con factor de protección cincuenta plus taponándose los poros, se van al agua y dejan toda esta pátina de mierda química diluyéndose.

Más tarde la ingerirán cuando sorban el líquido verde de las cabezas de las gambas de Palamós.

Día 223. *No sé hacer brotar un hueso de aguacate*

Siempre he pensado que me habría gustado vivir en una familia numerosa de las que llenan el comedor con sillas de plástico, improvisan mesas apoyando maderas en caballetes, cocinan una semana entera llenando millones de táperes, se emborrachan juntos mientras los abuelos dejan probar un poco de cava a los nietos y no repiten a todas horas: «Hay que valorar el silencio». Cuando mis padres intentan organizar, como hoy, una comida familiar en el apartamento de la playa con mis hermanas, los yernos y la descendencia de las cuatro, hay algo que parece falso y sobreactuado en este meter las sillas de la terraza al comedor, poner la mesa, poner el salvamanteles, hacer sitio para la paella que cuidado que quema. Es como si sufriéramos algún tipo de minusvalía afectiva. Las emociones y el sentimentalismo nos producen pánico, así que nos distanciamos de la escena mostrándonos correctos y educados: «¿Todo bien?», «Sí, sí, todo bien», «¿Sirvo la paella?», «Sí, sí, gracias». Nos plantamos una sonrisa ensayada que distraiga de la tensión de que uno de los niños rompa una copa por accidente. Pero ¿son realmente las copas eso que tanto miedo nos da que se rompa? Mi padre lanzando señales de alerta: «¡Cuidado!» mientras los niños hacen autopsias a sus respectivos platos de paella, apartando mejillones y cigalas y depositándolos en los platos de los adultos, murmurando «Puaj» y «Qué asco».

Con mis hermanas buscamos temas de conversación que distraigan a mi padre de la fragilidad de las cosas. Escenificamos una realidad que vendría a ser como un encefalograma plano, alejada de extremos de euforia y tragedia. Tenemos que cuidar de su salud cardiaca. Por un momento me imagino que somos como cuatro palillos finitos sujetando un hueso de aguacate esperando a que algún día eclosione, brote y eche raíces. Y entonces alguien te cuenta que lo haces mal, que para que dé frutos tienes que poner al lado un hueso hembra. Miro a mi madre, que dice: «Hay que acostumbrar a los niños desde pequeños a comérselo todo.

»Hay que educarlos en la cultura del esfuerzo».

Yo quiero gritarle que la cultura del esfuerzo es una estafa y una puta mentira.

Que estamos hasta los ovarios del esfuerzo.

Que estamos agotadas.

Que solo somos cuatro palillos finitos y ya no nos quedan fuerzas para sostener nada más.

Pero solo respondemos: «Claro, mamá, tienes razón».

Día 224. No veo la tele

—Qué pena que ayer no viniese Horacio —dice mi padre mientras coge el mando y sube el volumen del televisor.

Es la hora de las noticias. Yo nunca veo las noticias. Yo nunca veo nada de la tele. Mis hijos gritan fingiendo aparatosos choques y accidentes mortales con sus coches de carreras. Mi padre no podrá oír nada, pero aun así insiste en su intento por escuchar al presentador del informativo.

—Ya se sabe, los directores tienen un montón de responsabilidades, incluso durante las vacaciones —sigue, como respondiéndose a sí mismo.

Yo pongo la mesa para cenar pensando: «En algún momento debería contarle la verdad. En algún momento que esté tranquilo y la tele esté apagada».

Y es justo entonces cuando en la pantalla del televisor aparece el enviado especial a uno de estos festivales de música —Benidorm o Benicàssim o Benicarló— entrevistando al cantante de Sidonie, y allí, en segundo plano, se atisba a Horacio en el escenario, con la camiseta de Virmana, entonando la estrofa de «Smells like teen spirit».

«Ahora —pienso—, díselo ahora. Cuéntale la verdad». Sería tan fácil. Solo tendría que señalarle el conjunto de píxeles que conforman a Horacio en la pantalla...

Pero dejo pasar el momento.

Y pronto vuelve a aparecer el presentador del informativo.

Me excuso pensando que estoy protegiendo a mi padre, su delicada salud coronaria.

Pero en el fondo me estoy protegiendo a mí misma.

Día 226. Madrid

Se supone que he ido unos días a descansar, pero regreso de las vacaciones agotada.

Dicen los actores que cuando se meten durante mucho tiempo en un papel, una parte de ese personaje que han interpretado acaba formando parte de ellos mismos el resto de su vida.

El personaje que elegí yo, el que finge que todo va bien, es demasiado agotador.

Yo sería como una de esas actrices secundarias a quien la crítica alaba diciendo: «Lo hacía tan bien, tan contenida, que parecía que realmente fuese así, no que estuviera representando un papel».

Día 227. No me queda bien el banoffee

El verano en la ciudad es pegajoso como el pegamento que se me queda en los dedos, creando una octava capa de piel blanca y seca. Pensé que aprovecharía la ausencia veraniega de Horacio para escribir, pero cada vez que me siento a la mesa y acaricio la superficie rugosa, pienso: «Tengo que pulirla otra vez». Por eso he cerrado el portátil y busco a mis hijos con un pliego de cartulinas de colores y el tubo de pegamento. Si al menos al salir de casa hubiese lugares bonitos: un bulevar, un café parisino con espejos gastados en las paredes, viejas librerías..., pero solo hay un bar que tiene la tele puesta a todas horas con el *Sálvame*, una gasolinera, un bazar chino, la sede de la Asociación Española de Vigilantes Nocturnos y el cruce de semáforos que lleva a la M-30. Y pienso, si los trabajadores de la empresa francesa, que tiene la sede en París, con Saint Germain des Prés y les Marais y el Boulevard Haussmann y el canal Saint Martin, se suicidan, ¿qué pasaría si viviesen en Madrid?, si tuviesen que caminar por las calles sin sombra, sin carriles bici, sin cafés, sin librerías, sin *boulangeries*, por las que deambulo yo a cuarenta grados a la sombra a diario arrastrando a los niños; ¿qué harían?, ¿matarían además a toda su familia?, ¿a los vecinos?, ¿aniquilarían el barrio entero?, ¿prenderían fuego a la ciudad en plan Nerón?

Estos días son pegajosos como la capa de caramelo del *banoffee* que he perpetrado por puro aburrimiento y que mis hijos apartan hacia los bordes del plato diciendo: «En realidad no te-nía taaanta hambre...». Y es también por puro aburrimiento por lo que he agarrado las cartulinas, el pegamento, las revistas vie-jas y he propuesto que hiciésemos un collage.

Ahora estoy yo sola pegando recortes de cielo, verano, trozos de cielo como papelitos azules recortados por Matisse, poniéndo-les demasiado pegamento, que se me adhiere en la yema de los dedos creando esta otra capa de piel, esta sensación de tocar algo con el dedo y tener la sensación de que no es mi dedo.

Día 229. No soy valiente

Hace tanto calor que no nos movemos más allá del espacio deli-mitado por la piscina hinchable y las paredes del patio de luz. Vigilo que, me ponga donde me ponga, quede a una distancia prudente en caso de que necesite salvar a mis hijos. «Don't leave your children unattended», se lee impreso en negrita en el borde exterior de la piscina, junto al dibujo esquemático de lo que se-ría un ahogamiento infantil. Ser madre es tener miedo. Yo antes era una espeleóloga valiente, ahora solo soy una cobarde que suspira de alivio cuando los besa en la cama, por la noche, pen-sando: «Gracias a dios, han sobrevivido al día». Si al menos pu-diese escaparme un momento de nada a la cocina a preparar la merluza para el horno, un momento de nada, pero esa adver-tencia me incrimina. «Don't leave your children unattended». Hay niños que se ahogan en momentos de nada. Hay niños que aparecen flotando cabeza abajo con sus pequeños cuerpecitos empapados, sus cabellos ondulándose en el agua. Hinchados y azules. «Solo fui un momento de nada a meter la meluza en el horno». Cuántos casos debe de haber como este para que en una piscina hinchable de apenas cincuenta centímetros de altura y un metro de diámetro tengan la necesidad de poner en negrita ese presagio de muerte. «Don't leave your children unattended» es el mantra que rige mi vida desde que soy madre, el agotamiento de mirar puntos móviles calculando si llegaré a tiempo, si será posible el rescate, si va a frenar el patinete o no antes del semáforo, si seguirá corriendo tras la pelota cuando se le vaya a la carretera, si las madres que dicen: «Se sube por el otro lado» tienen razón, que también en los toboganes hay peligro, y en los parques sin cancelas, y en los pasos de peatones de las ciudades donde la gente siempre llega tarde a algún lado.

Me arremango el vestido de verano y me meto en el agua. Incluso ir a buscar el bikini ahora podría ser considerado una tentativa de homicidio imprudente.

Día 230. No compro entradas para Disneyland París

Conduzco el Volkswagen, que emite un zumbido asmático, por la M-30 hacia un parque al que no hemos ido nunca, pero me pierdo. Tengo que salir por una salida que no conozco, volver a entrar y comprobar si es la siguiente. Preferiría estar conduciendo por un camino de tierra hacia un lugar donde hubiese moras silvestres, sin ninguna necesidad de ir a un parque en el que no hemos estado nunca para darnos cuenta de que, al fin y al cabo, los toboganes son los mismos que hay en los parques que ya conocemos. Porque otorgan la concesión de todos los parques a la misma empresa. Eso hacen las ciudades feas, que les importe un pimiento que a veces queramos toboganes nuevos y desconocidos por donde deslizarnos. En este país de polígonos industriales, viviendas como bloques de cemento, talleres abandonados, naves en construcción, líneas infinitas de adosados unifamiliares de diseños que son una oda a la inmundicia, paisajes desérticos sin un solo árbol que parecen preludiar el apocalipsis, conducir no será nunca como el anuncio de la mano que sale por la ventanilla del coche. Pero la fealdad va más allá: la de este país es una fealdad que se cuela dentro, por las junturas de las fachadas de hormigón mal hechas que han sido perpetradas por un amigo de un amigo de un amigo de un señor de un despacho. Es una fealdad que se respira, que se come, una fealdad en la que fríen con aceites saturados las croquetas en los bares, que a su vez han sido hechas con los restos de comida que ha sobrado de los platos de los señores del despacho que ha perpetrado estas obras a golpe de firmas por aquí y por allá y de sobres a escondidas. Y a mí me dan ganas de no salir en la siguiente salida, ni en la otra, ni en la de más allá, y seguir conduciendo hasta salirme del país, hasta Francia, hasta encontrar un parque que ofrezca un puto tobogán que no sea igual a todos los demás.

Día 231. No compro revistas de tendencias

Estoy aburrida.

Estoy en la habitación, sentada en la cama, con la puerta cerrada.

Les grito a los niños, desde dentro:

—¡Estoy aquí!

Tengo en las manos el envase de decolorante capilar de Horacio. Me pongo los guantes de plástico y lo esparzo por mi pelo, a ciegas. Por probar. Tiene una textura viscosa y huele a desinfectante. Leo en las instrucciones que la cantidad de minutos que debe mantenerse antes de aclararlo depende del grado de intensidad deseado. Desconozco la fina línea que dividirá la máxima intensidad del daño permanente.

Día 235. *No compro en Telepizza*

Digo a los niños con forzado tono de entusiasmo:
—¡Es viernes! ¡Vamos a hacer pizzas!

Ambos me miran asustados. Me miran así desde que me decoloré el pelo. Cuando lo hizo su padre y él les proponía algo, como lo estoy haciendo yo ahora, me buscaban a mí con la mirada, para que confirmase que lo que decía ese señor disfrazado de cantante punk era verdad y no la réplica de su particular obra de ficción. Ahora no tienen a nadie más a quien buscar con la mirada. Así que van soltando las piezas de Lego de las manos y se levantan muy despacio, como alargando el tiempo, como pensando: «Esto solo es el principio de algo que no sabemos cómo va a continuar».

Día 236. *No me hago de Netflix*

Dormir sola, imaginar la vida sola.
Despertarme.

Día 238. *No compro una tostadora*

Enciendo la tostadora, que emite un ruido como de cortocircuito. El botón está estropeado y tengo que mantenerlo presionado hacia abajo poniéndole encima la botella de Fairy.

—¿Qué es esto, hijo?

—Es el dibujo de una tostada.

—No puedes meter esto dentro, ¿vale?

Y Mayor se aleja de nuevo hacia la mesa y guarda los lápices en su estuche. Yo pongo una rebanada de pan en cada orificio de la tostadora. Al cabo de un rato, y tras un cling, clang, pum, saltan mágicamente las tostadas y la botella de lavavajillas. Agarro las tostadas y dejo una en cada plato de mis hijos.

—¿Y tú? ¿Qué estás dibujando?

—A Batman —contesta Mayor, que le hace siempre de portavoz—. Es lo que quiere ser de mayor, ¿verdad que sí?

Pequeño asiente con la cabeza.

—¿Y tú, mamá? ¿De mayor aún quieres irte a vivir a una cueva?

Me aparto el cabello rubio detrás de las orejas y empiezo a untarles las tostadas con miel. Recuerdo a mi padre diciendo: «Primero haz una carrera seria y luego ya harás todo lo demás».

—Ser espeleóloga no quiere decir que me vaya a vivir a una cueva, a menos que perdiese el hilo guía y no pudiesen rescatarme.

—¿Y para qué sirve el hilo? —pregunta Mayor, bañando su dedo en el tarro de miel.

—Es un hilo de color amarillo que marca el camino en las cuevas para que, a la vuelta, puedas encontrar la salida sin perderte.

Observo que la miel también tiene hilos, dorados y finísimos como cabellos.

—¿Y qué pasa si se rompe?

—A veces ha sucedido. Entonces es muy complicado que puedan encontrarte, las cuevas a menudo son como laberintos.

—¿Son el lugar más peligroso del mundo?

—No —le digo, acariciándole la cabeza.

Pienso que ser escritora, por ejemplo, es mucho más peligroso. A veces hay que avanzar a tientas, sin hilo guía. Sin equipo de rescate.

Pienso en Sylvia Plath, una mañana como esta, aún en pijama, encendiendo el horno de gas, preparando el desayuno de los niños y pensando: «Ahora se lo llevaré a su habitación para cuando se despierten, cerraré la puerta y la sellaré con toallas mojadas».

Día 239. No compro cincuenta sombras de nadie

—No llames a estas horas —le susurro a Horacio, pegándome el móvil a la boca.

—Dijiste que te llamase después de los conciertos.

—No, dije que no era necesario.

—Estoy con la adrenalina a tope. No puedo dormir.

Con el móvil en la oreja, salgo al patio para no despertar a los niños.

—Son las cuatro de la madrugada, los niños duermen. —Aún noto la taquicardia después de que el timbre del teléfono me haya despertado con un estallido.

—Dejalo en vibración en tu mesilla.

—¡No voy a hacer eso! —intento gritar entre susurros, y compruebo lo complicado que resulta, dudo que desde el patio puedan oírme los niños, pero a lo mejor pueden oírme los vecinos, a través de las ventanas abiertas de sus cocinas y sus baños.

—¿Por?

—Por las radiaciones. —Me parece oír su típico chasquido de lengua al otro lado del teléfono. Luego me doy cuenta del silencio que hay de fondo. Debe de estar encerrado en el baño, o en la habitación del hotel.

—¿Cuándo te puedo llamar?

—Por la mañana... ¿A qué hora te levantas? —Miro mi reflejo en el ventanal del patio que da al salón, al principio no me reconozco y creo que hay una desconocida que me está mirando de pie, delante del sofá, una demente. Luego me percato de que soy yo misma. Mi nuevo aspecto. Una demente, sí.

—A mediodía..., depende... —responde Horacio.

Me sigo observando como si no fuese yo misma, como dicen que hay que hacer cuando meditas, mirarte desde fuera, afirmar: «Lo que estoy viendo está bien como está».

—Estás muy callada...

—Será la hora. El sueño...

—*Sorry*, amor. ¿Sabés?, me pasa algo muy loco...

—¿El qué?

—Te vas a reír.

—Di.

Me lo imagino sentado en el inodoro, con los pantalones bajados, como le gusta hacer cuando tiene conversaciones largas con alguien.

—Es como si me hubiese encontrado a mí mismo.

Y la rubia que me observa a través del cristal se ríe. «Te has encontrado a ti mismo haciendo de alguien que no eres tú mismo». Pero ¿cuántos de nosotros somos realmente nosotros mismos? ¿Cuántos de nosotros fingimos ser alguien que en realidad no somos?

—¿Y vos? ¿Me querés contar algo? ¿Alguna novedad?

Me toco el pelo que brilla en la oscuridad como un foco de luz fosforescente. Tiene una textura rara, como el de Horacio.

—Todo como siempre, amor.

—¡Te quiero, flaca! ¡Chau, chau, chau! ¡Hasta pronto!

—Adiós, amor.

Cuelgo y vuelvo a entrar en casa. De camino a mi habitación entro en la de los niños. Pequeño está durmiendo en el suelo, siempre se cae de su cama de debajo de la litera. Lo devuelvo a su cama y él se agita un poco, como si en realidad prefiriese la seguridad del suelo, saber que está en un sitio desde donde no puede caerse más abajo.

Día 240. No compro muebles buenos

Hace años, cuando Kat y yo nos fuimos a vivir juntas a un destartalado piso del barrio de Gracia, en Barcelona, colocamos los colchones en el suelo. No teníamos dinero para muebles. Todas las ventanas daban a una calle muy estrecha, pero en la sala, en cambio, había un balcón desde donde se veían casi todas las azoteas de Barcelona. Los sábados por la mañana arrastrábamos los dos colchones hasta allí y nos tumbábamos en topless buscando el cuadrado de sol, amarillo y calentito. Fue uno de esos sábados al mediodía que Kat se peinaba la larga melena rubia con los dedos y la luz era tan bonita, cuando tuve esa sensación:

—¿Sabes?, ya no tengo miedo. Se ha ido. Siempre he sentido miedo, pero se ha ido.

Kat no dijo nada. Yo tampoco añadí nada. Después, el sol empezó a ascender por la pared de la sala hasta desaparecer, dejándonos huérfanas de calor.

—Kat, ¿tú de pequeña también comprobabas, antes de acostarse, si había algo escondido debajo de tu cama?

Eso era lo raro, el pensamiento era puede haber «algo», no puede haber «alguien».

A veces, cuando mis padres salían y me decían: «Cuida de tus hermanas», yo pensaba que tenía que protegerlas de este «algo». A menudo la lamparita del salón se encendía sola. Yo decía a mis hermanas: «Se me habrá olvidado apagarla». Entonces me levantaba casi sin aire, con un miedo que me rasgaba el alma, sintiéndome amenazada por todas las sombras de los rincones, e iba a apagarla, anunciando en voz alta mis movimientos: «Estoy avanzando por el pasillo, estoy entrando en el salón, ya estoy en el salón, ya estoy apagando la lámpara»..., sabedora de que se encendería de nuevo al cabo de un rato, pero que a lo mejor ellas ya estarían dormidas. Yo me quedaría muy quieta bajo la sábana, esperando el sonido del ascensor, las llaves en la puerta, las voces hablando en susurros de mis padres: «Se han vuelto a dejar la lamparita encendida». Yo no les diría nada, como si así pudiese protegerlos a ellos de ese «algo».

—A lo mejor solo era una mala conexión eléctrica —me decía Kat cada vez que se lo contaba—. A lo mejor no era nada.

—Pero había «algo», lo sentíamos.

—A lo mejor solo estaba en tu cabeza.

Día 241. No cuelgo nada en las paredes

A mi padre nunca le hablé del pasado de Horacio. Para él, siempre fue alguien de fuera que había llegado con una mano delante y otra detrás, y al que le había ido bien en la vida. Ser director creativo de una agencia de publicidad no era exactamente la idea que él tenía de director: un señor que está en un despacho con muebles de aspecto macizo y tiene a un ejército a su servicio que le lleva todo cuanto necesita, pero, aun así, yo siempre remarcaba la palabra *director* cuando hablaba de su trabajo.

Porque solo cuando Horacio dejó el grupo y firmó un contrato fijo de un empleo con nómina lo llevé a casa de mis padres. Ya no iba teñido de rubio, vestía camisas de estampados alegres y discretos, y se iba a rodar anuncios de helados a Sudáfrica y Tailandia en el verano austral.

La primera vez que fuimos juntos a comer, mi habitación de adolescente aún tenía los pósteres de Nirvana pegados a la pared, y recuerdo que mi padre, durante toda la comida, miraba a Horacio y no paraba de decir: «Tu cara me suena muchísimo». Después de la comida nos trasladamos al salón y yo no paraba de mirar la lámpara. La luz del día iba cayendo y la oscuridad iba invadiendo todos los rincones. Rezaba por que la lámpara, que seguía siendo la misma, que nunca había sido cambiada, no se encendiese sola porque de alguna manera, no sé cómo, haría que toda la fantasía que había construido y que se sostenía como esas estructuras efímeras de naipes se iría a pique arrastrándolo todo.

Cuando salimos a la calle, ya de noche, sentí una repentina sensación de alivio.

—Has hecho bien en dejar el grupo —le dije cogiéndole la mano.

—Sí, ¿te imaginas yo a los cuarenta intentando ser el Kurt Cobain como un pelotudo? ¡Ridículo!

Me acuerdo como si fuera ayer.

Día 242. No compro un vestido veraniego
de estampado floral

La angustia, esa cosa que dicen que nos provoca inmovilidad o huida. A mí me provoca ganas de comprar un vestido veraniego de estampado floral en Zara. Los niños se quejan. Los niños resoplan y exclaman: «¡Es aburrido!». Lo descuelgo de la percha y les digo: «Solo voy a probármelo, a probármelo y ya está, no voy a comprar nada, será un momento», mientras saco del bolso el cochecito blanco y el cochecito amarillo para que estén entretenidos un rato. En realidad, a quien trato de convencer es a mí misma. Como ese fumador que afirma: «Este será el último antes de dejarlo». ¿Para qué necesito este vestido? ¿Acaso tengo que ir a una fiesta? ¿Celebrar algo? ¿Un ascenso? ¿Acaso estoy deprimida? Me interrogo mientras guardo la cola en el probador. No es nada de eso. Es más trascendental. En realidad, el vestido de flores lo que hace es alejarme de la muerte. En un probador de Zara no puede pasarte nada malo, a no ser que intentes meterte en un vaquero de cintura alta dos tallas más pequeño. «Este vestido es lo que me falta para darme el aire definitivo a Sylvia Plath», pienso, hasta que de repente se abre la cortina de uno de los probadores y veo a una adolescente vestida con el mismo vestido, radiante, girando sobre sí misma, a años luz de ese proceso en el que ha entrado mi cuerpo sin remedio, alejándome cada vez más de la despreocupación, de los reportajes de moda, de los tangas de hilo.

Día 243. No veo las estrellas

Hemos sacado un par de sillas al patio y unas copas de gin-tonic, preparado como dice Horacio que hay que hacer, con la piel de limón cortada muy finita en espiral. Podría decir que estamos mirando las estrellas, pero lo único que se ve son los parpadeos de los aviones, Venus más allá, si acaso, en uno de los vértices del cuadrado de noche que enmarca el patio de luces por encima de nosotras. Kat se sienta emitiendo un largo suspiro, la banda sonora universal de las mujeres de cuarenta cuando por fin nos desplomamos en una silla, agotadas de las luchas diarias.

—Eso que brilla no es Venus —me dice—, parece una bombilla de la azotea.

—Es por la mierda de contaminación lumínica. Cuando una de mis hermanas quiso dedicarse a la astronomía, le dijeron que tendría que irse al observatorio del Teide.

—¿Y qué hizo?

—Nada. No fue.

—¿Y ahora es astrónoma?

—No, funcionaria.

—Ah.

Me abanico con la falda del vestido, ni siquiera corre algo de brisa nocturna.

—Echo de menos el mar.

—Pues yo no echo de menos Barcelona, y mucho menos Vallgorguina —me dice Kat, haciendo tintinear los hielos dentro de la copa—. Madrid es una ciudad maravillosa, a la gente le da igual lo que hagas o dejes de hacer.

—Pero ¿no te pasa, a veces?, ¿tener esta necesidad de salir del bullicio y adentrarte sola en un bosque? —Pienso en las vistas desde la ventana del estudio de Kat que da a la pared del bloque de pisos de enfrente.

—No es tan idílico como crees. Mira el Montseny. Allá donde vayas está lleno de domingueros y neorrurales.

—Pensaba en un bosque como los de los cuentos de hadas.

—De noche, prefiero mil veces estar en una ciudad que sola en medio de un bosque denso —dice, suspirando—. Por cierto, ¿cuándo llega Horacio?

—Mañana, de madrugada.

—Además, si lo piensas bien, allá donde vayamos, siempre estamos solos... —añade Kat, cazando un cubito de hielo de su copa y acercándoselo a los labios para chupar el frío—, si piensas en el universo y esas cosas.

—Quizá sea mejor pensar en la soledad y no en que hay una civilización lejana observándonos desde el espacio.

—Cuando estoy en un lugar de los que dices tú, donde se ven las estrellas tan claras y tan cerca que parece que las puedas tocar, no pienso: «Qué maravilla», ¿sabes? Siento mucho vértigo, como si un maldito meteorito me fuera a caer encima y a aplastarme.

A lo mejor se trata de reconocer lo solas que estamos, lo insignificantes que somos, lo relativo que es todo.

Día 244. No compro condones

—¿Qué te has hecho?

A través de los ojos entreabiertos, veo a Horacio sentado en la cama, a mi lado. Habrá llegado de madrugada. Alarga la mano y me acaricia el pelo. La extrañeza. Mi rubio es incluso más claro que el suyo, por donde ya empiezan a asomar las raíces más oscuras. Quizá se esté preguntando si le gusta, si significa algo que prefiere no preguntar.

Se pone en pie y se quita la camiseta negra de Virmana, la huele y la arroja a la silla de la habitación, pero no acierta y cae al suelo, junto a su maleta abierta, que parece un cuerpo destripado. Después levanta el brazo derecho y gira la cabeza para acercar la nariz a la axila.

—Debería bañarme. —Y empieza a alejarse hacia el baño.

—Ven —le digo, abriendo los brazos.

Se acerca otra vez hacia donde estoy yo, la mujer horizontal. La sábana me tapa hasta la cintura y él, de pie, me mira los pechos. Pienso dos cosas a la vez: en que esa camiseta tendré que cogerla yo del suelo y arrojarla yo al cubo de la ropa sucia, y también en otras cosas sucias, pero de otro tipo de suciedad.

—Me gusta cómo hueles.

Él se lanza a la cama. El colchón es de viscolástica y absorbe su impacto. Tira de la sábana hacia abajo. Mira hacia ahí, hacia la única parte peluda de mi cuerpo que sigue siendo oscura.

—Compré una piedra de alumbre. Pruébala.

—Mmm... —Acerca la barbilla a mi coño y la pasea por la superficie mullida de pelo.

Los antitranspirantes provocan cáncer, las partículas de plomo taponan los poros, el cuerpo no puede sacar la mugre fuera y se la queda dentro, donde todo va pudriéndose.

—¿Una piedra, decís? —Sus dedos juguetean con mi vello, estirándolo. Cuando los suelta, los pelos vuelven a su lugar, como un muelle. Desde que me los rasuré salieron más fuertes y gruesos.

—En realidad es un mineral. —Toco también su cabello, pero supongo que los minerales son piedras, al fin y al cabo.

Los dos tan blancos sobre las sábanas blancas, como dos cadáveres arrojados a la nieve. A esta hora el sol entra por la ventana vaciándose por completo encima de nuestros cuerpos como una polla sin condón.

También se vacía. Su polla. También sin condón. La caja del primer cajón de la mesilla de noche envuelta en celofán está vacía desde hace mucho. «Tranqui, no estoy ovulando», le digo. Es como jugar a la ruleta rusa. Pero pienso si la fertilidad de una mujer de cuarenta no será precisamente eso.

Si tuviésemos un hijo, ahora, con nuestra pinta de nórdicos, en el hospital pensarían: «No es de ellos».

Horacio se levanta haciendo cazuelita con la palma de la mano debajo de su polla, para no manchar las sábanas con las últimas gotas. Yo tiro de él.

—Dejá que me bañe, dale.

Yo lo capturo entre mis brazos, él empieza a hacerme cosquillas para que lo deje ir.

—¡Pará! ¡Basta! ¡Despertaremos a los niños! —le suplico mientras intento ahogar las carcajadas.

Horacio se detiene. Nos quedamos inmóviles en la cama. Él encima de mí. Mi cara se acopla a la curva de su cuello. Huele a humo, a cerveza, a sudor, a bocadillo de lomo de área de servicio de autopista. Él aleja su mano, la que tiene gotitas de semen. Parece que sujete un animal pequeño.

—¿Te quedarás en casa unos cuantos días?

Pero él no responde. Me besa y se va llevándose su cazuelita de líquido seminal.

Y de repente, el llanto de Pequeño.

Así desaparece la mujer y vuelve la madre. La madre que mira el reloj. La madre pensando tendría que levantarme, tendría que ir a ver qué quiere. La madre reconociendo de nuevo su cuerpo, sus imperfecciones, el agujero de donde todo nace. Y desea no ser nada más que eso otra vez, carne estremeciéndose.

Día 245. Septiembre

Entro en la oficina y un escalofrío me recorre la espalda de arriba abajo. Está vacía. Pero no solo ese vacío de llegar el primer día después de vacaciones y ser la primera en entrar, de colgar la chaqueta en el perchero que parece un árbol muerto. Es un vacío más profundo. Como en aquellas iglesias donde no oyes nada más que el eco de tus pasos sobre el suelo de mármol, que, cuando te fijas bien, te das cuenta de que no son baldosas, sino tumbas.

Día 249. No subo

Ellos ya no están.

Los han despedido, nos dicen.

Es evidente, pues, que hay otro Ellos que está por encima de Ellos.

Pero a este otro Ellos no lo puedo ver. Muy poca gente puede verlos.

Quizá este Ellos que hay por encima de todo ni siquiera tiene presencia física. Es el Sistema mismo.

Un orden complejo, matemático y estructurado que no se mueve por la compasión ni la humanidad, programado para eliminar todos los «mecanismos fallidos» que le impiden perpetuarse indefinidamente, una especie de HAL universal y todopoderoso.

Y es así, pues, como actúa el Sistema.

Todos los viernes, como hoy, suena un teléfono, aparentemente de forma aleatoria, en alguna de las mesas. El trabajador lo deja sonar un par de veces, esperando que sea un error, alguien que se equivoca, y después, a la tercera, descuelga, con cautela. Los teléfonos, de color crema y teclas negras, los fabrica la misma compañía para la que trabajamos. Pero esta vez la llamada no pretende que hables y seas feliz. Es más breve. Un simple «Sube».

Cuando el trabajador baja de este lugar que está por encima de nosotros, a menudo tiene los ojos llorosos, una carpeta naranja en las manos y comienza a recoger en silencio sus pertenencias.

El hecho de que sea viernes facilita las cosas. Así el trabajador ya no tiene que venir al día siguiente, arrastrando los pies. Probablemente ya no venga nunca más.

Día 252. No compro mochilas infantiles con rueditas

Podría decírselo, «Hoy es el primer día en el colegio público», pero ¿acaso no son todos los días el primer día de algo? Incluso hay días que son el primer día de que no pasa nada nuevo. Su hermano pequeño, que hoy empieza infantil, camina a su lado, de su mano; cruza la puerta de barrotes roja y salta en la rayuela dibujada en el suelo, ajeno a nuestra política de reestructuración económica.

Mayor me mira.

—¿Adónde tengo que ir, mamá? —Finjo no estar tan desorientada como él—. ¿Dónde están mis amigos?

Sé que se refiere a los compañeros del otro colegio. Al hijo de la madre tenista con quien siempre hacía carreras, pero se calla porque en el fondo sabe lo que pasa.

Miro a Pequeño saltando uno dos tres cuatro, miro la rayuela y pienso en Cortázar. Podría citárselo, decirle que «Nada está perdido si se tiene por fin el valor de proclamar que todo está perdido y que hay que empezar de nuevo». Pero es demasiado pequeño para entenderlo.

Suena el timbre. Estampida de niños hacia la puerta del edificio verde musgo. Mayor me agarra con más fuerza de la mano.

—Mira, pronto será la una, irás a comer, y las dos y las tres, y las cuatro y vendré a buscarte —le digo mientras piso cada casilla de la rayuela y llego al cielo, que es la casilla azul con un chicle pegado.

Día 259. No voy a ningún spa

¿Quién soy yo? ¿Seguiré existiendo más allá de los cuarenta? ¿Le importaré a alguien? ¿Publicarán mis libros sabiendo que la foto de la solapa no la es de una mujer deseable de fertilidad prolongada? He llegado a lo que llaman «esa» edad. «Esa» edad a la que los hombres dejarán poco a poco de mirarme, me plantearé la ligadura de trompas, no pasaré más tiempo del necesario en los probadores, la lencería *push up* dejará de hacerme efecto, miraré de reojo a las veinteañeras que mirarán de reojo a mi marido, me tendré que probar la ropa antes de comprarla, empezaré a usar prendas que requerirán ser limpiadas en el tinte aunque yo insista en no llevarlas nunca, me depilaré las ingles no taaan entradas, pararé de beber a la segunda copa, me preguntaré qué habría pasado si no hubiese tenido hijos, me plantearé qué pasaría si me divorciase, investigaré la cocina raw para acabar cenando otra vez tortilla francesa con una rebanada de pan con tomate, dejaré de creer que «para estar así de bien» las famosas solo se hidratan la piel y toman mucha agua, y ante la típica pregunta de cumpleaños contestaré que no, ni loca, que para nada volvería a los veinte, que nunca he estado mejor.

Otoño

Día 261. No compro tarros de legumbres cocinadas

Cerrar los ojos y hundir la mano en el agua donde reposan las lentejas desde anoche. Partículas suaves que flotan. Solo eso.

Día 264. No compro ropa que se tenga que planchar

Se ha terminado el verano y mi melanina ha empezado a entrar en fase de retirada. Paseo por la acera soleada de nuestra calle, los niños me siguen con sus patines. Me ha llevado dos horas sacarlos de casa y me llevará dos horas más devolverlos a ella.

Al final estoy tan pendiente de que salgan por la puerta que no me doy cuenta de que aún llevo la camiseta con la que he estado amasando el pan.

Ser madre me disculparía, pero las otras madres no son así.

Las otras madres caminan espléndidas con sus tacones, sus vestidos entallados de seda natural que solo se pueden limpiar en el tinte.

Su cabello refleja los rayos del sol. Yo voy sin peinar. Mis ondas, que el decolorante ha convertido en un estropajo reseco, pronto parecerán rastas.

«Lo importante es que brille lo de dentro —me digo—. Lo importante es que no atropellen a mis hijos».

Pero entonces aparece Ella. En la parada del autobús. Esa cara conocida. Dorada. Cuya melanina arroja reflejos irisados. Una cara dorada a fuerza de crema autobronceadora y Photoshop, una cara sin poros, una cara que de ser así de verdad debería estar muerta.

La cara de Giselle Bündchen anunciando no sé qué.

—Estás distinta —le digo.

—Me he operado la nariz —dice Giselle.

—Es verdad, te has operado la nariz.

Pienso qué lástima, pienso qué desquiciadas estamos. Que la mujer más guapa del mundo no esté contenta con su nariz me ha entristecido todo el camino hasta el parque. Porque si ella tiene que operarse la nariz, ¿qué tengo que hacerme yo? ¿Trasplantarme la cara entera? «Yo también tengo la nariz grande, Giselle», le digo, pero ella ya está lejos, en su parada de autobús, y no me oye.

Llegar a los cuarenta es duro, pero lo último que hay que hacer es perder la cabeza, y mucho menos, la nariz. *Qué lástima, Giselle, qué lástima.*

Día 268. No compro champú regenerador para rubias, por dentro sigo siendo morena

—Horacio, ¿a ti te parece que tengo una cara proporcionada? —Intento deshacerme los nudos con el peine, por la mañana, frente al espejo, arrancándome mechones enteros de falso cabello rubio.

—¿Qué clase de pregunta es esa? —me responde Horacio desde la habitación.

—Es que siempre me dices que qué buena cola, pero nunca me dices que soy bonita. —Sé que no soy bonita, que tengo otras cualidades, pero quiero saber cuáles son. A los cuarenta necesitas concretar.

—¿Pasó algo, amor? ¿Va todo bien?

Le cuento que a veces me pasa, que me cruzo con una mujer en la calle que me deja embobada y y me fijo en qué reacción le habrá provocado a él, y la mayoría de las veces ni la ha visto. «Pero ¡si resplandecía!». Tenemos conceptos diferentes de lo que es la belleza y eso me despista.

—Pero, dime, ¿qué es lo que viste en mí aquella noche? ¿Qué es lo que te hizo «darte cuenta»?

Estoy despojándome de tantas cosas que temo perder también «eso». Temo ese momento fatídico que anuncian mis amigas con el rímel corrido, después del último tequila: «Perdimos la magia». Si nombra la magia, si habla de la magia, ¿de dónde la saco yo, ahora?

Todas queremos ser la Maga de Cortázar de nuestro particular Horacio, pero al final ninguna mujer lo es del todo. La Maga es un conjunto de mujeres.

Yo no quiero ser un conjunto. Yo quiero ser esto que soy y que alguien quiera este estropicio. Que alguien crea que aún se puede sacar algo de provecho de todo esto.

—¿Has desayunado? —me pregunta Horacio, asomándose por la puerta. ¿Por qué él puede transpirar esta belleza aureolada por la mañana, y yo no?

—Pero, dime, por favor, ¿qué fue? ¿Qué te hizo darte cuenta?

—Sonreías —me responde de espaldas mientras abre el grifo de la ducha y el baño se llena de una banda sonora como de lluvia.

—¿Qué?

—Que sonreías. Esa noche. A todo el bar se la sudaba lo que estábamos tocando. Pero a vos no. Vos me mirabas y sonreías.

Suspiro aliviada pensando: «No es tan grave. No está todo perdido. Solo hay que volver a hacerlo. Sonreír. Seguro que no es tan difícil».

Día 271. No compro adornos

—¿Vas a ir a París?

—Sí —ha respondido Horacio.

—¿A París? ¿París?

En realidad tendría que haberle preguntado: «¿Vas a ir a París sin mí?». Pero no lo he hecho porque soy una mujer adulta. Soy una mujer madura e independiente. Soy una mujer que sabe callarse aunque luego le salgan pústulas, aunque se le quede ese punto dolorido al apretar con el dedo entre la mandíbula y la oreja.

—No sé qué imaginás, flaca, pero no es tan glamuroso como parece —me dice desde su horizontalidad.

—París siempre es París.

—Con lo que hemos ganado tocando en verano no nos da para mucho. Haremos una pequeña ruta con la furgo, por Europa, tocando en bares de estos oscuros y pequeños que están en sótanos poco ventilados que apestan a cerveza.

Agarro del suelo la bata roja, los almohadones. Miro a mis hijos, pequeños polizones de camas ajenas que pronto volverán a estar huérfanos de padre y, más allá, Horacio, una montaña. Cubro sus piernas con la colcha para protegerles del aire fresco de la madrugada que se cuela por las juntas de la ventana. «Eres afortunada, tienes una vida perfecta». En muchos lugares del mundo está muriendo gente, en muchos lugares del mundo hay madres como yo mirando a sus hijos, tapándolos con una sábana blanca, pero sus hijos no se despertarán dentro de un rato.

París. El París de Cortázar. «¿Horacio? ¿En serio te llamas Horacio?». «Sí, ¿por?». «Como el protagonista de *Rayuela*».

Sí, yo podría ser esa especie de Maga, ambos caminando sin rumbo por París, esperando ese encuentro casual en el Quai de Conti o en el Pont de Arts, sin cita precisa, sin mandarnos la ubicación, con la itinerancia de datos desactivada.

En otros lugares del mundo está muriendo gente..., pero a quién le importan los otros lugares...

Día 277. No compro un pintalabios de marca anunciado por una top model a la que no me pareceré en la vida

Son las nueve de la mañana de un viernes y eso significa que quedan por lo menos dos horas para que aparezca alguien por la puerta de la oficina. Cada viernes somos uno menos, como en la canción de los Diez Negritos —«and then there were none»—. Por eso me sorprende, al entrar, encontrarme a un individuo de espaldas sentado a la mesa que está enfrente de la mía. Una mesa que lleva mucho tiempo vacía y con la que «a veces juego a imaginarme que van a contratar a alguien y que será amable y compartirá sus *briefings* conmigo, o a veces me imagino lo contrario, que contratarán a alguien que me maltratará, que me insultará, que me infectará el ordenador de virus para que me vaya».

Camino sin hacer ruido hasta mi sitio. Debe de tratarse de un becario nuevo, pienso, pero cuando estoy delante de él y lo observo con detenimiento, veo que tiene algo diferente respecto a los otros.

—¿Hola? —le digo, como preguntándole qué hace allí.

El becario, que estaba distraído mirando el móvil y no me ha oído entrar, da un respingo.

—Ah, ¡hola! Cuando he llegado todavía no había nadie, pero la recepcionista me ha dicho que pasara y esperase.

—Es que hoy es viernes. —Noto cómo al hablar se me pegan momentáneamente los labios. Me pregunto si me habré pasado con la cantidad de *rouge* o será porque es del chino o pasará con todos los pintalabios, incluso con los buenos—. Los viernes todos llegan más tarde.

—Ah.

El becario se aparta un tirabuzón de pelo castaño de la cara. La gomina no debe de ser lo suficientemente fuerte para contener sus rizos rebeldes. Una constelación de pecas le dibujan la silueta de una mariposa en la cara, tiene los ojos de un marrón claro con largas pestañas y viste una camiseta blanca, lisa, sin nada ribeteado, sin logos, sin marca; tampoco tiene ningún tatuaje visible, ni pulseras, ni reloj. Es como un ser vacío que espera ser llenado.

No, no es como los demás becarios.

—Vengo a hacer unas prácticas.

—¿Unas prácticas? ¿Estás seguro? Debe de haber un error.

—¿Un error?

—Ellos, los jefes, fueron despedidos. —Señalo la salita de paredes de cristal donde ahora hay dos sillas y dos mesas vacías—. Están reduciendo la plantilla. Ahora mandan unos de arriba. O los de París. Ya no lo sé.

El becario mira hacia el techo. Como si los de arriba fueran Dios. Los becarios acostumbran ser chicos y chicas de familias creyentes.

—¿Nadie ha avisado a la escuela? —le pregunto.

—¿La escuela?

—La de publicidad.

—No vengo de ninguna escuela.

—¿Y de dónde vienes, entonces?

—¿Qué quieres decir?

—Mira, los viernes son días extraños; la gente, más que venir a la oficina, se marcha.

—¿Quieres que te ayude a hacer algo?

—No tengo nada para darte, lo siento. Hace años que no tengo nada para dar a nadie.

Intento esconderme detrás de la pantalla protectora que ofrece mi portátil abierto, en vano: el becario sigue hablando.

—He sido creativo *freelance*, tengo experiencia; si quieres te puedo enseñar mi Instagram —comenta, y, sin levantarse, hace rodar la silla por todo el perímetro de su mesa hasta llegar a mi lado. Me muestra la pantalla de su iPhone. Esta proximidad incomoda. Las nuevas tecnologías acercan, pero creo que acercan demasiado.

Con el dedo, va deslizando imágenes hacia arriba, tan deprisa que soy incapaz de retener nada. Cada vez que el móvil muestra una imagen de fondo negro me veo a mí misma reflejada. Me parece que el pintalabios se me ha corrido por las comisuras de la boca, dándome un aspecto de perturbada. Más de lo que deben de darme ya el pelo decolorado y el vestido *vintage* de color rosa pálido de Humana.

—Y esto es todo —dice el becario, apagando el móvil sonriente.

Me doy cuenta de lo joven que es. No recordaba que se pudiera ser así de joven, tener este tipo de ilusiones sobre el futuro.

—Mira, lo siento, pero entre tú y yo hay una diferencia abismal de perspectivas.

—¿Por qué?

—Los que venís a hacer prácticas estáis dispuestos a todo, a trabajar las horas que haga falta, sin contrato, sin remuneración, sin vacaciones ni fines de semana, ¿verdad?

—Supongo...

—Pues yo no.

Chusma.

Pienso.

Esta gente es la que votará a los políticos equivocados. La que destruirá el mundo.

—Bueno, mira, si quieres cuando lleguen los de la oficina hablo con ellos, a ver si encuentran una solución para tus prácticas —le explico, levantándome de la silla.

El becario, por imitación, también se levanta. Supongo que ha entendido que estoy invitándole a irse porque vuelve a la mesa vacía y recoge su mochila Fjällräven Kånken de color amarillo.

—Enséñales mi Instagram.

—Sí, sí, claro.

Lo acompaño hasta la salida. Veo cómo camina, con la espalda ligeramente encorvada. Demasiado alto, demasiado joven, demasiado ingenuo, me digo. Me apoyo en el quicio de la puerta de cristal de apertura automática viendo cómo espera el ascensor, cómo pulsa varias veces el botón, nervioso, sabiendo que lo estoy mirando, sin atreverse a mirarme él, con una angustia tal que parece que sea su futuro lo que esté esperando ver llegar y no el ascensor.

Día 278. No me instalo aplicaciones nuevas

Intento hacerme una cuenta de Instagram para poder ver de nuevo las fotos del becario y saber más de él, pero me pide demasiadas cosas, me pide si puede acceder a mis datos, a mi Facebook, y yo lo que quiero es espiar, no que todo el maldito Facebook se entere de lo que estoy haciendo. «¡Malditos!», exclamo, y no solo escupo mi grito contra el vacío, contra ese Ellos esotérico e inmaterial, sino también contra los iPhone, la comida orgánica, las blogueras macrobióticas que curan cánceres con remolacha, los tatuajes de peces japoneses, los selfis y todos los clichés de la posmodernidad contemporánea. Maldigo no haber nacido veinte años más tarde y poder hundirme en ellos hasta la yugular. Ser esa escritora inundada de *likes* a la que todos quieren leer, todos quieren conocer, todos quieren follarse.

Día 280. No programo más citas con la estéticienne

Espero a que los compañeros de la oficina se vayan a comer y me dejen sola para sacar el paquete de tiras depilatorias de la bolsa. Quiero que cuando Horacio llegue de gira todavía queden algunas migajas de mi feminidad.

Me subo la falda del vestido rosa hasta la cintura, saco el plástico protector de la tira de cera y la sujeto en alto con cuidado, después la coloco con ambas manos en la parte central del muslo derecho, aliso la superficie con la mano y, cuando cojo aire para proceder a arrancármela, oigo cómo se abre la puerta de cristal de apertura automática.

Me quito rápidamente la tira de cera, pero creo que no lo hago con el vigor especificado en las instrucciones del envase porque me deja un rectángulo pegajoso de color verde en la pierna. Me bajo deprisa la falda del vestido, que se me pega sin compasión en la zona de la cera, y guardo el resto de las tiras depilatorias en el bolso.

Cuando levanto la cabeza, veo que se trata del becario.

—Hola —musito, disimulando, como si debajo de mi vestido no se acabara de originar el desastre.

—Hola —responde—, ¿qué hacías?

—Nada —digo seca y cortante como un sílex.

El becario no parece captar mi nula invitación a conversar porque sigue allí de pie, con las manos metidas en los bolsillos como esperando algo.

—No te he visto por aquí esta mañana —digo, finalmente.

—Sí, he estado reunido.

«¡¿Reunido?!», quiero gritarle. ¿Reunido? Yo llevo seis años en esta agencia y él solo cuatro horas, ¿y ya se ha reunido?

—Te quería preguntar... —deja pasar unos segundos como esperando que adivine el final de la frase. Yo sigo muda. Impenetrable— si te apetece que vayamos a comer juntos.

—Yo como en la oficina. Traigo una fiambrera.

—Va, invito yo —me dice—; si vamos a ser pareja creativa, nos tendremos que conocer más y compenetrarnos.

Yo no deseo compenetrarme con nadie, no necesito ninguna pareja creativa, solo quiero que me dejen en paz y que el chico pecoso se vaya con sus ilusiones de futuro y progreso al Burger King del parque empresarial con el resto de la plantilla. Así que me levanto, cojo la fiambrera del bolso y me dirijo a la zona del comedor comunitario. Camino arrastrando la pierna derecha, como si fuera ortopédica, tratando de evitar que la parte del vestido adherido al rectángulo de cera me tire del vello del muslo.

—¿Qué te pasa?

—Nada.

Pienso que si soy antipática, se acabará marchando, pero el becario parece impermeable a las indirectas.

—¿Sabes? —va hablando detrás de mí mientras me sigue a la zona de comer—, el otro día me preguntaba a quién te parecías mogollón... Ya lo sé, eres clavada a...

Me giro y abro la boca para decírselo cuando él de repente me hace un gesto para que me detenga.

—¡Courtney! ¡Courtney Love! —dice, chasqueando los dedos.

La sonrisa se me congela en la cara, como los rictus que tienen las mujeres operadas.

—No —me apresuro a corregirlo—. Sylvia. Sylvia Plath. Me parezco a Sylvia Plath.

El becario suelta un «ah» muy poco convincente, y comprendo que no tiene ni idea de quién es Sylvia Plath. O a lo mejor se trata de mi físico, que nunca será poético y delicado, sino más bien un grito agónico, el último intento antes de asumir la derrota.

Día 282. No compro llamadas a un euro
desde fuera de España

Miro mi móvil mudo. Los móviles nos impiden la poesía, la literatura, los Valium, las tardes languideciendo en el sofá mirando ese aparato de teléfono fijo que a medida que avanzaban las horas se va convirtiendo en un molusco, en un monstruo, en el teléfono langosta de Dalí. Horacio no llama. Le dije: «No es necesario que llames». Le dije: «Cuidado con el roaming». Le dije: «Comprueba que tengas desconectada la itinerancia de datos». Ahora cumple a la perfección todos mis postulados. Y yo como mierda.

La compañía francesa para la que trabajo —o lo que sea que esté haciendo ahí—, tiene promociones para estos casos. Ofertas. Llamadas a un euro desde el extranjero. Cosas así. Yo me cago en las promociones y más si son de la compañía de telefonía francesa.

Recuerdo la primera vez que hablé con Horacio por teléfono. La recuerdo porque estaba mirando en el balcón del piso de Gracia cuando descubrí que en el horizonte se veía un cuadradito de mar que no había visto hasta entonces.

Pensar en la magia y no en que seguramente habían derribado el edificio que tapaba el mar.

Día 287. No hago origami

Como granada con los labios pintados de rojo. El jugo de la granada y el rojo de los labios me está pringando los dedos, fluyendo por mis manos y mis muñecas, como si me hubiese cortado las venas y me estuviese goteando el contenido de la arteria radial. A mi lado, el becario golpea rítmicamente el extremo del bolígrafo contra la mesa, como un tic.

—¿Nadie ha anulado tus prácticas?

El becario se encoge de hombros, parece estar pensando en otra cosa.

—¿Te dejan traerlos? —me pregunta finalmente.

Mis hijos dibujan sentados uno a cada lado del becario. Han acercado dos sillas. Les he dicho que se sentasen conmigo, a mi mesa, pero el becario, con su aspecto como de duendecillo del bosque, los atrae sin remedio.

—Nadie me ha dicho nada. Sin embargo, mis compañeros apenas me dirigen la palabra.

Miro a mi alrededor; los que quedan parecen ajenos a cualquier cosa que esté pasando más allá de sus pantallas y de sus cascos de colores chillones que emiten una pulsión permanente de música electrónica.

—¿Y los de arriba?

Miro instintivamente hacia el techo. Nunca he subido a la planta de arriba. Se necesita una tarjeta especial con un código para abrir la puerta de cristal. Así que a los de arriba solo podemos imaginarlos. A veces son señores con traje y corbata que nos observan a través de cámaras ocultas, a veces son etéreos como los dioses de la mitología griega. Los de arriba también podrían ser los de París, si estuviésemos en el espacio viendo el planeta Tierra desde el ángulo apropiado.

—Es que tienen escarlatina, no puedo llevarlos a la escuela. Y su padre no está en casa.

—¿Escarlatina? ¿Es contagiosa?

—Sí. ¿Has leído alguna vez *Mujercitas*?

—No.

—Son cuatro hermanas. Pues la pequeña está cuidando de una familia muy pobre y el bebé se la contagia.

—¿Y qué le pasa?

—Se muere.

Oigo que el repiqueteo en la mesa para súbitamente.

—Pero no te preocupes.

Conscientes de que hablamos de ellos, mis hijos le tienden al becario el papel que han dibujado para que les haga unos aviones. El origami es una actividad que siempre delego en los demás. El becario se aparta un poco, intentando no inspirar aire cerca de ellos.

—¿Sabes?, nosotras también somos cuatro hermanas. De pequeñas jugábamos a *Mujercitas*, pero ninguna quería ser la que se moría.

Día 288. *No compro plantas*

Miro el cuadrado de baldosas del patio interior. Ha empezado a salir vegetación entre las junturas. Moho. Líquenes. Brotes de hojitas verdes. La parrilla, en un rincón, cubierta con una enorme bolsa de plástico blanco, le da un aspecto de abandono.

—Podríamos poner macetas con cactus —les digo a mis hijos. Los cactus no necesitan muchos cuidados.

—Él se va a pinchar —dice Mayor, señalando a su hermano. A veces parece mi padre y yo su hija.

—Tienes razón.

Nos quedamos un momento pensativos. Acuden a mi mente imágenes fantasiosas de jardines verticales.

—¿Nos dejas jugar a la pelota? —me pide al cabo de un rato.

Y por un lado pienso: «Cristales rotos», pero por otro, en el montón de tiempo libre desplegándose ante mí mientras juegan a algo para lo que no me necesitan. No sé nunca cuál de las dos madres soy. Estoy siempre transitando por una línea finita que queda justo en el medio, haciendo equilibrismos de funambulista.

Día 289. *No compro ningún billete a París, uso el chantaje emocional*

—Tú te vas a París y Horacio se va a París y todo el jodido mundo se va a París, ¿y yo me tengo que quedar en esta mierda de ciudad?

El becario me acaba de anunciar que lo envían al *pitch*, al encuentro de creativos que organiza todos los años la oficina central de París.

Observo la luz de la mañana sobre su piel tierna e infantil, y me pregunto qué efecto tendría un chorro de ácido clorhídrico sobre ella. La orquídea muerta parece contagiarme su aura apocalíptica.

—¿Y por qué te mandan a ti?, ¿a un becario?

—Porque lo organiza mi padre.

—¡Tu padre trabaja aquí! —Me levanto de un sobresalto, escrutando a mi alrededor, buscando cámaras ocultas en los rincones del falso techo—. ¿Dónde? ¿En qué departamento?

—Bueno, aquí, aquí, no exactamente, es uno de los CEO del bla-bla-bla *worldwide*, el grupo de comunicación al que pertenece esta agencia.

—¿Es uno de Ellos?

—¿De Ellos? ¿A quiénes te refieres?

Quisiera decirle que me refiero a la maldad misma, a la podredumbre, al abismo, a la personificación de todo lo que es nauseabundo. Pero a la vez siento que puedo unirme al mal, como el padre de Luke Skywalker.

—O sea, que es uno de los de arriba.

—No de los de arriba de «aquí» arriba —dice el becario, señalando el techo con el dedo.

—Eso lo explica todo.

—¿Todo? ¿Todo el qué?

—Lo de las prácticas, que no vengas de ninguna escuela... ¿Sabes?, hace muchísimo tiempo me mandaron a mí.

Siempre había tenido la esperanza, año tras año, de que volviera a suceder.

—Pues yo creo que paso.

—¿Que pasas? ¿Que pasas de qué?

—De París. Además, es la próxima semana y ya tengo otros planes...

—¿Qué otros planes son mejores que París? ¡No existen planes mejores que París! —Noto que me estoy alterando, que se me acelera la respiración.

—Además, debería ir solo y...

—No hace falta que vayas solo —lo interrumpo casi sin aliento—. Le puedes decir a tu padre que quieres ir con tu pareja creativa.

—Pero tú me dijiste que no querías ser mi pareja creativa...

—¡Olvídalo! Vamos, joder, te daría mogollón de puntos...

—Puntos ¿para qué?

—Tú piensa en tu futuro. Piensa en el futuro como... como ese botón del ascensor, que pulsas y pulsas y no parece llegar nunca... —voy pensando en el sentido de esta metáfora mientras la voy improvisando y me doy cuenta de que no tiene ninguno—; entonces esto sería como de repente descubrir que hay un montacargas al lado que nadie usa.

Él me mira como una mantis macho, sin saber si está a punto de ganarse un polvo o de ser decapitado.

—No lo sé..., es complicado..., además hay que saber francés...

—*Je parle français! Ce n'est pas un problème! Alors, on y va?*

Su cara se ilumina.

—Sí, quizá sí que se lo puedo pedir a mi padre.

Ahora nadie aprende francés. Ahora estudian inglés *for business* y chino. Ni siquiera en esta compañía, aunque con sesenta suicidios en el historial no hay mucha gente que aspire a ser promocionada y enviada a las delegaciones del país vecino.

Día 290. No compro crema de manos

Llamo a mi madre y le pregunto si podría venir el fin de semana y quedarse con los niños hasta el miércoles. Ella guarda silencio al otro lado de la línea. Sé que no le apetece. A veces pienso cómo pudo tener tantas hijas y lo silenciosas que éramos para que ella pudiese seguir leyendo sin perder el hilo. El tono normal que usan mis hijos para hablar entre ellos era el tono que usábamos nosotras para gritarnos. Como sigue sin responder, le digo: «Gracias mamá, iremos a buscarte a la estación del AVE», y cuelgo.

Día 291. No compro arroz tres delicias a domicilio

Abro el buzón. Ese gesto inútil. Nadie manda cartas. Inventan aplicaciones que autodestruyen los mensajes en veinticuatro horas. Solo encuentro un papel con los menús en oferta del restaurante chino del barrio —aunque nunca haya visto ningún restaurante chino en nuestro barrio—, pero ni rastro de alguna mísera postal con la torre Eiffel, con la caligrafía zurda de Horacio.

Día 292. No hay nada que hacer

Ha llegado mi madre, con sus maletas y sus libros. Les ha dado uno de regalo a cada uno. Los niños los hojean contrariados. No son libros de cuentos, son libros de verdad, con letra impresa a cuerpo doce y sin dibujos. Mi madre me dice que hay muchas abuelas que abren libretas de ahorro a sus nietos y les van ingresando dinero, que ella va a hacer lo mismo pero con libros.

Yo llevo su maleta a mi habitación. He cambiado las sábanas, le he dejado una toalla limpia doblada encima de la cama y unas perchas vacías.

—Mamá, ¿podrías sacar a los niños al parque después de la escuela mientras estoy fuera?

—¿Al parque? ¿A cuál?

Voy agarrando blusas de su maleta y las voy colgando en perchas. El armario tiene un montón de espacio desde que Horacio se deshizo de todas sus camisas.

—Al de Berlín.

—¿Está cerca?

Con el neceser en la mano, empieza a abrir cajones de la habitación, acaso buscando alguno vacío.

—Si vas hasta la principal, verás que hay una parada de autobús. Te llevan el 45 y el 17, y creo que el 32... ¿Me estás escuchando?

—Eso que te has hecho en el pelo, hija... —dice, cogiendo un mechón de mi pelo con cara de desaprobación. Mi madre, que no se tiñe, que aboga por un pelo al natural pero de peluquería; mi madre, que se da baños nutritivos, mascarillas, que sale de los centros de estética con una bolsa llena de productos para que su blanco luzca más blanco, como en esos anuncios de detergentes—, dejando a un lado el tema estético, yo no me voy a meter con las modas, es demasiado agresivo. Ninguna mujer morena debería pretender ser lo que no es.

Estoy por preguntarle cómo se hace eso, llegar a averiguar lo que realmente es una para poder adecuar su aspecto en consecuencia. A lo mejor hay que hacer como Horacio: ser otros para ir descartando lo que no se es.

—Bueno, ¿qué hay que hacer?

—Nada, mamá.

—Sí, siempre hay algo que hacer. —Y cogiendo un delantal de la maleta, pulcramente doblado, se aleja en dirección a la cocina.

Día 293. No hago nada. Quiero que me hagan

Me despierto, agitada, en el sofá y, por un momento, no sé dónde me encuentro. Después me acuerdo de mi madre, ella duerme en mi habitación y por eso estoy en el sofá. Agarro el móvil que vibra correteando por la mesa baja de la sala.

—¿Horacio? ¿Eres tú?

—...

—No te oigo.

—...

—Nada.

—...

—Sigo sin oírte.

—...

—¿Me oyes tú? ¿Ya estás en París? —Me incorporo, sentándome, y apoyo los pies en el suelo. Al otro lado del teléfono se oye un zumbido extraño, como si la persona del otro lado estuviese en una cámara hiperbárica—. ¿Sabes que a lo mejor también voy? ¿Me oyes?

—...

—¿Hola? ¿Hola? ¿Horacio?

Al otro lado oigo el pip pip pip de la línea cortada. Pongo el móvil en modo avión y lo dejo en la mesa baja. Me tumbo de nuevo en el sofá y me tapo con una manta. Sé que llamará al cabo de un rato, cuando llegue a la habitación de hotel, estará desnudo, en la cama, acariciándose el sexo, a medio camino entre la placidez y la fiesta, bebido. Pienso en la combinación entre un hombre bebido y una mujer cansada. O una mujer bebida y un hombre cansado. El placer de dejarse hacer, el cuerpo ofrecido, entregándose del todo, hacer el amor como si la noche tuviera la densidad del fondo del mar y los amantes fueran seres ingrávidos a merced de las olas. Me lo imagino volviendo al hotel, con la cabeza apoyada en la mano, mirando por la ventanilla de la furgoneta las luces de la ciudad, el pelo cayéndole por delante de su cara, su mandíbula cuadrada, sus ojos claros, pequeños y tristes. Pongo una mano entre mis piernas y la dejo ahí, quieta, presa. Estoy ovulando y noto la viscosidad del flujo ahí abajo, como un camino de babosas, pero estoy demasiado cansada para hacer nada. Quiero dejarme hacer. Quiero que me hagan.

Día 294. Madrugada del lunes

—Adiós, mamá —le susurro, y le doy un beso en la mejilla tratando de no despertarla. La habitación está en penumbra, tan solo iluminada por la luz de las farolas de la calle.

—¿Ya te vas? Aún es de noche. ¿A qué hora sale tu vuelo? —Saca la mano de debajo de la colcha y tantea la mesilla de noche para mirar la hora del radiodespertador.

—Dentro de tres horas.

—De acuerdo.

Veo cómo se incorpora hasta quedar sentada en la cama. Lleva su viejo camisón verde agua de algodón. El cabello blanco largo y ondulado le cae desordenadamente por los hombros. Tiene un aspecto indefenso, como de niña pequeña.

—Va, sigue durmiendo.

—Ven —dice ella, señalándome con la mano un espacio a su lado de la cama.

Me siento y apoyo la bolsa de viaje en mi regazo.

Ella alarga la mano hasta mi cabello. Sospecho que criticará de nuevo la barbarie infligida, pero solo me acomoda las mechas, peinándolas hacia atrás, como acariciándolas.

—Yo nunca dejé de trabajar, ¿sabes?, cuando erais pequeñas. No quería ser una de esas madres que renuncian a todo y luego pretenden que sus hijos triunfen, como si fuese la única manera de justificar su existencia y su sacrificio.

—¿Por qué me estás contando esto ahora?

—Cuando eres madre empiezas a hacerte preguntas.

Pienso en todas esas preguntas, en la lista enorme que conforman en mi cabeza, pero también en el vuelo que tengo que coger, en el taxi que estará ya llegando a la puerta, en la urgencia del tiempo.

—Sé que hablas con tus hermanas. Por qué os tuve. Por qué cuatro.

—No, mamá, no hablamos de eso —miento. Miro los pies desnudos de mi madre, las uñas pintadas del mismo tono granate que las de las manos. Me la imagino en la peluquería pidiendo que le hagan la manicura porque tiene que ir a visitar a su hija en Madrid y no quiere ser una de esas madres sacrificadas, dedicadas a las hijas, que se han ido dejando.

Siento que mi bolsa vibra en el regazo. Debe de ser el mensaje confirmando que el taxi ya está en la puerta.

—Tu padre quería tener un hijo, ¿sabes?, un varón. Todo este tema patriarcal del apellido, los genes... Cada hija que le daba, en el fondo, era una especie de venganza. Le dije: «Toma, encárgate tú». Después de nacer tu hermana más pequeña me hice una ligadura de trompas.

No sé si mi madre espera que hable o que haga algo con el cuerpo que propicie un contacto físico más completo que el de su mano en mi cabello. Como sigo sin moverme, acerca sus labios a mi mejilla y me besa.

—Ve, no llegues tarde.

Día 294. No me gusta volar

No me gusta volar en estos aviones baratos. Podría ser la última vez de todo. La última vez que hago este gesto de abrocharme el cinturón, que pongo el móvil en modo avión, que miro a las azafatas con su mímica de teletienda vendiendo tarjetas «rasca-rasca». El becario me ha mandado un mensaje diciendo que nos encontraríamos directamente en el hotel. Que íbamos en vuelos distintos porque el suyo ya estaba completo.

Me pregunto si él viaja en Iberia Business.

Si esa es la razón por la que volamos en vuelos distintos.

Porque yo me merezco menos.

O quizá es que no hay suficiente presupuesto.

En los años noventa, en los departamentos de publicidad se inflaban las facturas, se pedía *champagne* francés en los rodajes, caviar, cocaína, putas. Ahora ya no queda nada más para robar.

El temblor de los motores hace que todos los pasajeros estemos en silencio. «Ya se sabía, con esta compañía tarde o temprano tenía que pasar, siempre escatimando costes». Podría fallar un motor, podría haber una tormenta, podría incendiarse el depósito de combustible. Yo disfrazada de poeta suicida gritando: «¡No quiero moriiiiir!» mientras el avión cae en picado en algún punto entre Barajas y Beauvais.

Pasajeros pagando el plus de elección de asiento.

Como si la tragedia solo afectase a partir de la fila veinte.

Estoy tan tensa que no me he dado cuenta de que mi mano se apoyaba sobre el dorso de la mano de mi compañero de asiento.

—*Are you okey?* —me pregunta.

Es lo que dicen siempre los héroes a las chicas de las películas cuando las salvan.

—*Yes, yes* —respondo sin abrir los ojos.

Podría tratarse de Vincent Gallo viajando de incógnito, con gafas de sol y gorra de visera.

—*It was just a turbulence.*

Pero cuando abro los ojos, me doy cuenta de que solo es un turista cualquiera.

Retiro mi mano, que permanece un rato sobrevolando en silencio el espacio presurizado, y aterriza luego lentamente en el apoyabrazos.

Cuando llego al hotel, que está situado en el *onzième arrondissement*, no hay nadie esperándome. Me dirijo a recepción y dejo la bolsa en el suelo. Le cuento a la mujer que hay detrás del mostrador que formo parte del grupo del *pitch* de creativos que ha organizado la compañía de telefonía francesa. Mientras atiende una llamada me señala el final del mostrador, donde están las acreditaciones. Me acerco a buscar la mía. Están por orden alfabético. Las miro una por una, pero no hay ninguna a mi nombre. Las vuelvo a repasar bien. Debe de haber un error. La del becario sí está. La recepcionista extiende la mano, impaciente, sin despegar el auricular de su oreja, para que se la acerque. No sé por qué, tal vez porque hace rato que me estoy meando y porque me duele el hombro de arrastrar la bolsa de viaje y estoy cansada por el madrugón, cojo una al azar. Se la muestro y ella anota unos datos en el ordenador. A continuación me entrega una tarjeta de color blanco que me indica que es la llave de la habitación y me dice que le deje el pasaporte. Pero justo vuelve a sonar el teléfono y, con la vejiga a punto de ceder, me escapo hacia el ascensor aprovechando que está ocupada con la llamada, arrastrando la bolsa por el suelo enmoquetado como si fuese un perro muerto.

Un rato más tarde, después de haber meado, haber comprobado el contenido del minibar y haber olido los frascos de muestra de los productos del baño, decido llamar a la agencia desde el teléfono fijo de la habitación. Nadie contesta. Entonces me doy cuenta de que hoy es lunes y apenas son las nueve de la mañana.

Una premonición empieza a tomar forma en mi mente: la impresión de que todo ha sido una broma. Una trampa. El *pitch*, París, el becario.

Llamo a Horacio desde el mismo teléfono fijo, pero una voz mecánica me indica que su móvil está apagado o fuera de cobertura. Debe de estar durmiendo. Le dejo un mensaje en el contestador para que me llame. Después compruebo el número de recepción y llamo para preguntar el número de la habitación del becario. La recepcionista me lo da sin problemas y me recuerda que le baje el pasaporte.

Me tumbo en una de las dos camas. Los cabezales están tapizados con una tela naranja acolchada. También son naranjas las colchas y las cortinas. Quizá los franceses escogieron el hotel por coherencia corporativa con el color del logo de la empresa, o tal vez solo es casualidad. Agarro la acreditación de la mesilla de noche, donde la he dejado.

«Constance», pone.

Me suena a nombre de niña de escuela de monjas.

Temo que en cualquier momento aparecerá la auténtica Constance y la recepcionista me preguntará quién coño soy yo y qué se supone que hago aquí. Así que me levanto, cojo la chaqueta y salgo de la habitación. Bajo en el ascensor al tercer piso. Recorro un pasillo de números ascendentes hasta llegar a la puerta de la habitación del becario.

Llamo.

—Ah, ¡hola! —dice, sorprendido, al abrir la puerta. Veo que lleva un bulto negro en la mano. Primero pienso que es un gato muerto que se ha encontrado en la habitación, o una bolsa con un artefacto explosivo, pero en cuanto lo cambia de mano advierto que solo es un jersey—. Pasa. Acabo de llegar.

Yo no me muevo del umbral.

—¿Podemos hablar? —le digo.

—Sí, sí, claro —responde él, un poco turbado. No sabe qué hacer con el jersey, si ponérselo, si dejarlo. Se aleja un momento a coger algo de la mesilla de noche. A través de la puerta abierta veo que su habitación es igual que la mía, del color de una puesta de sol, o de un incendio.

Sale, cierra la puerta y se guarda la llave en el bolsillo.

—¿Adónde quieres ir?

—A cualquier lado, pero salgamos de aquí.

—En una hora empieza el *pitch* y nos pasarán a buscar —me dice, reticente.

—A mí no pasará a buscarme nadie.

Día 295. No pago el beujolais

Son las doce de la noche. En punto. ¿Cuántas posibilidades hay de mirar la hora en el móvil y ver que son exactamente las cero cero cero cero?

El becario no parece impresionado, sino más bien preocupado por otras cosas que me intenta explicar con voz lenta y pastosa, fruto de la octava copa de beaujolais de esta tarde-noche.

—Mira, tu acreditación para el *pitch*... —comienza.

—Ahórrate las disculpas —lo interrumpo—. Ya sé que todo esto es para humillarme, para que me harte y me vaya...

—Escúchame, cuando les propuse a los de arriba que vinieras conmigo, me dijeron que no, que no te lo merecías... —me cuenta mientras desliza un dedo alrededor del borde de la copa, como si fuese a salir de ahí una sinfonía o algo—. En realidad, tu billete lo compré yo, por eso volabas con esa compañía de bajo coste...

—Vaya.

—... y de alguna forma pensé que podríamos compartir mi habitación, que tiene dos camas. Y mientras yo asistía al *pitch*, tú podrías pasear. Es que te veía tan ilusionada con la idea de ir a París... y te pareces tanto a Courtney Love... que...

Creo que necesito otra copa. En la pizarrita de encima de la barra hay escritas todas las variedades de beaujolais que tienen y aún me faltan tres por probar.

—¿Esto vendría a ser lo que se llama un *bistrot*? —me pregunta, viéndome distraída con los vinos.

—No, se llama *bar à vins* —digo con acento parisino, arrastrando el labio inferior por los incisivos, muy despacio.

—Pronuncias muy bien el francés.

—Ya te lo dije, pero no parece importarle a nadie.

—Siento mucho todo esto.

—Olvídalo.

—¿Estás muy cabreada conmigo?

—¿Por tener la oportunidad de ser una francesa llamada Constance por una noche en París? —replico, levantando la copa.

El becario también la levanta y brinda conmigo. A continuación bebe de un trago hasta vaciarla.

—Tendría que haberle insistido más a mi padre. Él podría haberte conseguido una acreditación para el *pitch*, pero está tan ocupado que es casi imposible hablar con él.

—¿Tu padre es CEO de un grupo mundial de comunicación y no se comunica contigo?

—Algo así.

—*Tu as besoin d'un autre vin, ou plus encore.*

Cojo las dos copas vacías y me voy hacia la barra donde se apiña una multitud intentando llamar la atención del camarero. Me doy cuenta de que, desde que me teñí de rubio, camino de una manera diferente, como si siguiera una fina línea dibujada en el suelo. Me giro para mirar el becario y él también me mira. Me sonríe. Yo le sonrío. Podría tratarse de una escena de *Antes del amanecer*. Todo es una farsa. Yo, una parisina rubia llamada Constance que flirtea con un adolescente de buena familia al que le saco veinte años. Pero ¿y qué no lo es?

—Espera —me dice, levantándose de repente; se acerca y me da un billete de diez euros.

Yo le cierro la mano con el billete dentro. Su mano de iguana. Fría y húmeda. Levanto un poco la cabeza para mirarlo a la cara. Su punteado de pecas como un mensaje en braille que tuviera que descifrar.

—Invito yo.

El becario me mira cada vez más de cerca. Noto que todavía sostengo su mano y que se la aprieto con fuerza. Tiene una piel suave, de niño.

—*Puis-je t'embrasser, Constance?*

Y no sé si me sorprende más la pregunta o su francés.

—¿Hablas francés?

—Solo cuando estoy bebido.

Y es entonces cuando, tras el becario, a través del cristal, me parece ver la cara de Horacio en un cartel publicitario pegado a la pared, pero es solo un instante. Cuando el haz de luz de la moto pasa de largo, todo lo que hay fuera vuelve a sumergirse en la oscuridad.

—*Alors, Constance? On n'a rien à perdre...*

—No..., «nada está perdido si se tiene por fin el valor de proclamar que todo está perdido y que hay que empezar de nuevo».

El becario, que quiere ser llenado, y yo, que necesito ser vaciada.

Y es entonces cuando veo que acerca su boca a cámara lenta. De repente pienso en Judas, en lo que nos explicaban en las clases de catequesis cuando era pequeña.

Mucho más tarde, ya he perdido la noción del tiempo, camino sola por París. Llamo de nuevo a Horacio, pero sigue apagado. Unos operarios limpian las calles rociándolas con mangueras de agua que salen de un camión cisterna. Los adoquines brillan como si fuesen lingotes de plata puestos uno al lado del otro.

Debería sentirme afortunada por estar aquí.

Pero también está lo otro: el maldito frío. Cuando piensas en París, nunca te acuerdas del frío que te hiela el alma. No consigo dar con el canal Saint Martin y de nuevo vuelvo a encontrarme en Bastille. Estoy caminando en círculos. O quizá es culpa del beaujolais. Miro la hora en el reloj del móvil iluminando la pantalla. Pronto saldrá el primer vuelo y podré volver a casa. La Constance de verdad hace horas que habrá llegado al hotel y mis cosas deben de haber sido trasladadas a recepción, a ese armario adonde van a parar los objetos perdidos.

Paraguas.

Jerséis.

Carteras.

Yo misma.

Día 298. Viernes

A menudo, cuando pretendo escribir desde la belleza y en la pantalla ligeramente luminiscente del portátil veo reflejada la pared de ladrillos sucios que se ve a través de los cristales del patio de luces, pienso en las palabras del pintor Lucien Freud:

«De alguna manera sentí que la basura era lo que daba vida al cuadro».

A veces una tiene que saber renunciar a la belleza.

Miro el reloj para saber cuántos minutos han pasado y compruebo que ya puedo ir a quitarme el tinte que me cubre el pelo.

Día 301. Aún no estoy despierta

—¿Qué hacías en París?

Su voz me despierta. ¿Su voz? ¿La voz de quién? Abro los ojos. Estamos otra vez en el lugar del accidente. Horacio ya está en casa. Antes, a la casa la gente la llamaba hogar. Eso era antes de la gentrificación y de los contratos de alquiler a tres años. Las formas de la colcha crean un relieve de montañas nevadas. Aquí también ha empezado a llegar el frío. Con cuidado de no sacar mucho la mano de debajo de la colcha, tanteo la mesilla de noche en busca del teléfono. Si los niños no nos han despertado es que aún es de madrugada. Oigo un golpe e intuyo que habré tirado el móvil al suelo.

—¿Qué hora es? ¿Cuándo has llegado? —le digo con voz pastosa, y me tapo la cabeza con el almohadón.

Horacio trata de quitarme de encima la cordillera de los Andes, con todos los valles, los riscos, las depresiones. Pero yo tiro de la colcha hacia arriba. Él está demasiado despierto y calculo que todavía no se habrá ido a dormir, o que tal vez ha dormido en la furgoneta el trayecto entero de catorce horas hasta aquí.

Me acaricia el pelo.

—Volviste a tu color —me dice como si yo no me hubiese dado cuenta.

—Sí.

—Antes, rubia, no parecías vos.

—A lo mejor no era yo.

—¿Y quién eras?

—Constance.

—¿Quién?

—Nadie.

—Si estuviste en París, ¿por qué no me llamaste? ¿Por qué no me dijiste nada? Podríamos haber coincidido.

—Fui a un *pitch* del trabajo, pero luego hubo un problema con las acreditaciones y tuve que volver. Además, sí que te llamé, un montón de veces, pero tenías el teléfono apagado todo el tiempo.

—Debía de estar ensayando, o tocando. Siempre me dices que no active la itinerancia de datos, que no te llame desde el extranjero, que no enriquezcamos más a los hijos de puta para los que trabajas.

—Tienes razón...

—¡Qué lástima! Podrías haberte quedado en mi hotel. Como antes.

—Tenía que volver... Los niños... Mi madre que se pone nerviosa ...

—¿Te acordás?

Claro que me acuerdo.

A menudo.

Echo de menos las habitaciones de hotel de cuando éramos jóvenes y Horacio hacía giras promocionales. De cuando aún no teníamos niños ni reproches que hacernos. Eran hoteles baratos, con ese constante sonido del gotear de la cisterna.

—¿Recordás aquella vez que te colaste en mi habitación? Yo estaba de gira y apareciste desnuda en el balcón...

Lo recuerdo. Llevaba un vestido rojo que se ataba al cuello y dejaba la espalda al aire. Ese vestido me hacía sentir como una superheroína. Escalé por los bajorrelieves de la fachada hasta el balcón, que estaba en el primer piso. Salté por la barandilla, me desnudé y lo esperé sentada a oscuras. Era verano y hacía un calor que desintegraba.

—Sí, ¿te acuerdas, Horacio? En un momento dado vino al balcón la camarera a dejar una botella de cava que habías encargado para celebrar el final de vuestra gira y me pilló desnuda ahí fuera...

—... Y que luego me contaste que ella siguió como si nada, metiendo la botella en la cubitera, cubriéndola con la servilleta blanca, pasando una a una las copas de la bandeja a la mesa, como si fuese lo más normal del mundo que hubiese una chica en pelotas en un balcón...

—Nos lo pasábamos tan bien en esa época...

—Tenés razón...

Me doy cuenta de que hablamos de «entonces» con nostalgia. Como si ahora todo fuera un coñazo. En parte es cierto: ahora ya no haríamos esas cosas. Ya no podría ponerme el vestido rojo. Mi pecho menguante ya no sería capaz de llenar el escote.

No escalaría ninguna fachada de hotel.

No esperaría desnuda mirando las luces de la ciudad, de noche, con el ansia de saber si soy un cuerpo que está hecho para ser usado, para ser saciado.

Por la mañanas ya no nos preguntamos: «Amor, ¿desayunamos en el bufet o que nos suban los cruasanes?».

«Deberíamos salir de aquí», pienso, mirando la superficie de la cama como si fuera un glaciar expandiéndose.

Como decía uno de los supervivientes de los Andes: «No podemos quedarnos aquí tumbados esperando los helicópteros de salvamento».

Día 307. No tomo nada de Starbucks

Le pregunto a Kat, taza de café para llevar, niños en el parque empeñados en quitarse los zapatos —la arena está húmeda, es invierno, te vas a resfriar—, si «esto es todo» mientras hago un gesto con la mano como abarcando más allá de la taza, del banco, de la plaza de Olavide. ¿Se preguntarán lo mismo las otras madres del parque que sujetan abrigos, sujetan a niños para que no se caigan por los bordes del tobogán, en este domingo soleado mientras los hombres...? ¿Dónde están los hombres?, ¿por qué casi no hay padres en la plaza? ¿Padres sujetando abrigos, sujetando niños? A lo mejor se ausentan con la excusa de una apretada agenda de asuntos internos y partidos de pádel.

—Se pasan la vida vendiéndonos que tenemos que llegar a esto, a este ideal —le digo—, y justo ahora que por fin tengo «esa» vida..., ¿ya está?, ¿eso es todo?

Me refiero al peso que soportan las madres del parque, que es mucho mayor que el de las montañas de abrigos. El «dentro de media hora nos iremos a casa, haremos una comida nutritivamente equilibrada, recogeremos la mesa, cuidaremos de los niños, prepararemos la cena, recogeremos la mesa, cuidaremos de los niños, recogeremos la casa, dejaremos la ropa conjuntada lista para mañana, daremos un beso a nuestros maridos, con quienes se supone que habremos compartido el cincuenta por ciento de las tareas del hogar, cuidaremos de los niños, nos meteremos en la cama, nos masturbaremos durante media hora, nos dormiremos, nos levantaremos, nos ducharemos, nos dirigiremos hacia ese lugar de trabajo que nos dignifica, volveremos a casa, cuidaremos de los niños y eso será todo, desde ahora hasta que nos muramos».

Este pensamiento me deja tan deprimida que cuando vuelvo a la realidad me doy cuenta de que hace mucho rato que no veo a Pequeño. Me levanto de un salto haciendo caer mi taza de café, que esparce su contenido sobre mi chaqueta, y corro por el parque gritando su nombre, desgañitándome, tosiendo, expulsando flemas. Al cabo de un rato, que me parece años, lo veo tratando de subir por la pendiente del tobogán de tubo. Vuelvo a sentarme en el banco, junto a Kat, secándome la mancha de café con un pañuelo de papel usado y sucio.

Le digo, respondiéndome a mí misma, que a veces es mejor que sea así.

Que, efectivamente, eso sea todo.

Día 312. No compro el look de estas fiestas

«No te pierdas el look de estas fiestas». «¿Ya tienes el look de estas fiestas?». «Estarás tan fantástica con el look de estas fiestas...». Todavía faltan dos meses para Navidad, por el amor de Dios. Dejo atrás la marquesina de autobús. Parece que me pase los días huyendo de las marquesinas del transporte urbano, aunque en vano: la imagen de Kate Moss con un mono de terciopelo de iridiscencias doradas y escote hasta el ombligo me persigue todo el trayecto hasta el trabajo. Kate Moss me saca solo dos años, y sin embargo, ahí está ella y aquí estoy yo. Cuando digo «ahí está ella» es como si estuviese a doscientos kilómetros por encima del nivel del mar y yo en el punto más profundo del fondo marino, en la fosa Challenger. Toda esa ilusión por sentirnos princesas, especiales, doradas, brillantes, que se encargó de vendernos Disney a pico y pala durante toda nuestra infancia da sus frutos todos los años por estas fechas.

Preferiría ver a una de esas valientes escaladoras de ochomiles, cubierta con un abrigo de plumas mullido y calentito, en la marquesina.

Mujeres a quienes el frío, la hipotermia les ha hecho perder varios dedos de las manos, pero que siguen conservando intacto el sentido común.

Día 313. *No me apunto a talleres de escritura creativa*

—Che, ¿de qué va esto que escribís todo el tiempo? —me pregunta Horacio, que intenta poner el mantel en la mesa donde reposa el portátil sobre el que mis dedos teclean desde hace rato.

—De nada —respondo.

Horacio cree que se lo digo en plan intimidatorio, porque sabe que no me gusta que lean las cosas que escribo. Pero le aclaro que es así, literal. Que no va de nada. Que no pasa nada.

—Pues escribís muchísimo sobre esa nada.

Me hace pensar en la escena final de *Contact*:

«—No me interesa el hecho de que no grabara nada.

»—Continúa...

»—Me parece más interesante el hecho de que grabó aproximadamente dieciocho horas de nada».

Ganar un concurso literario. Ganar el dinero que me permita dejar el trabajo para seguir escribiendo y ganar más dinero y dejar de escribir y no tener que hacer nada más.

—¿Y de qué va la vida, así, en general, la vida de la gente? No la de la gente a la que le pasa algo extraordinario que cambia toda su existencia, sino la de la mayoría, ¿acaso «va de algo»?

—No lo sé.

—La vida de la gente va de la puta nada. Es insignificante.

Horacio sigue poniendo la mesa; levanta con cuidado mi portátil como si las teclas no estuvieran pegadas, sino que fueran como pequeños dados en equilibrio. Después lo vuelve a posar y ahora no sabe dónde colocar mi plato, mi servilleta, mis cubiertos. Cree que él está lejos de todo esto, que su vida es diferente, que el arte, la música y el triunfo son actos de rebelión, pero en el fondo todo es la misma mierda. No se diferencia mucho de los demás, los que tenemos que ir a la oficina, pagar la Seguridad Social, el IVA, los tributos municipales y hacer la declaración de la renta..., esperando que pase ese gran acontecimiento y al final no pasa nada.

—Lo único que dejaremos cuando nos muramos es una cuenta abierta en Facebook que nadie se acordará de cancelar.

Día 315. No compro la Vogue

El becario no ha vuelto. Son las nueve de la mañana. Aún no ha llegado nadie a la oficina. Pongo *Miss World* de Courtney Love a todo volumen y me lanzo a bailar, entre las mesas, contoneando mis caderas estrechas de dóberman. Algunos críticos opinan que este disco es demasiado bueno para que lo compusiese ella, que en realidad fue obra de Kurt. Eso dicen. «I am the girl you know can't look you in the eye». ¿Y si fuese al revés? ¿No será que los temas de Kurt son demasiado buenos para que los haya escrito un yonqui? ¿No será que Courtney le susurraba, mientras le cepillaba el cabello color yema de huevo, intentando mantener derecha su cabeza, que se caía una y otra vez hacia el pecho: «¿No crees que esta estrofa le quedaría increíble?»? Dónde empieza uno y dónde acaba el otro. Las palabras, ¿pertenecen a alguien? ¿Qué parte de lo que estoy escribiendo me pertenece a mí y qué parte a Horacio? «Mira, amor, justo este pedacito de frase lo dijiste tú aquel día mientras te recortabas la barba en el baño y el lavabo blanco parecía un Pollock». Qué pertenece a quién. ¿No somos solo partículas en vibración en medio de un gran espacio vacío? ¿Los orgasmos son solo míos o son compartidos? ¿Esto lo hace mi cérvix o lo hace tu polla? Me gustaría tomarme un café con Courtney. Le diría que debería haberla escuchado más, en mi adolescencia. Que solo escuché a su marido, que me he pasado la vida escuchándolo a él primero y escuchando sus versiones por boca de Horacio. «Debería haberte escuchado más a ti, Courtney». A las mujeres siempre nos silencian. Debería haber contoneado más mis caderas estrechas de dóberman entre el gentío de cualquier bar del Raval. Haber reclamado mis orgasmos. Haber pensado más a menudo: «Este sexo es demasiado malo para que sea solo culpa mía». Habérselo dicho: «Te estás acostando con una auténtica Miss Mundo en la categoría de medidas no estándar». Porque las hay; ahora está de moda hacer anuncios con mujeres de verdad. Hay mujeres con curvas, hay mujeres transexuales, hay mujeres con manchas de despigmentación en la piel, pero siguen sin salir mujeres «feas».

Mi madre dice que no hay mujeres feas, que solo hay mujeres sin arreglar.

Pues ellas, las mujeres sin arreglar, no salen.

Mujeres a las que les importan un bledo las tendencias de la cosmética contemporánea.

Mujeres tal cual. Mujeres a las que no les da pudor decir: «No, no me he corrido».

Me imagino a Courtney sentada a la mesa vacía de enfrente, ahora mismo, echando un chorrito del contenido de una petaca en el vasito del café de máquina.

—*Tell me, dear, what's your fucking problem?*

—Que yo siempre pensé: «He sido la elegida, de entre todas, Horacio me eligió a mí, qué afortunada». Y no es eso.

Fui yo la que lo eligió a él.

Día 322. No escucho la lista de los temas más escuchados

Hago clic en Facebook, clic en este link, clic en la foto de la tal que está en Ibiza y del que cuelga las fotos de su hijo de cinco años, todos los días, en el cumpleaños, en el columpio, comiéndose un yogur, y luego añade: «No compartir» en mayúscula y negrita. Clic, clic, clic, clic y de repente doy con un vídeo de un perro andando en skate y a continuación con una entrevista que viene a decir que las mamografías no te salvan de la muerte por cáncer y te pregunta si alguna vez has pedido el protector de tiroides cuando vas a hacértelas, que lo tienen guardado en un cajón, pero no te lo ofrecen por pereza. No sé si las cosas son verdad o son una leyenda urbana, porque voy clicando de este link a otro link y al final todos quieren venderme algo, una dieta milagrosa para limpiar los intestinos, un vestido de flores con la espalda al aire, un curso para aprender a pintar con acuarela en una semana. Un documental de Adam Curtis diciendo: «You go into an office and sit at a desk, but maybe it is a fake job, your real job is shopping».

Lo llaman redes sociales, pero con la única persona con la que estoy socializando es conmigo misma. Es como mi eco, las redes me devuelven fotos de las cosas que he buscado, canciones de acordes parecidos a los de las que suelo escuchar, y yo pienso qué espacio inmenso y en realidad es pequeño, pequeño, tan pequeño como esas cajas que usan los magos para cortarnos en pedazos.

Día 325. No compro crema hidratante

Pensaba hoy, jueves gris de noviembre, aburrida en mi oficina comiendo pistachos, que necesito una crema hidratante, necesito una crema hidratante, necesito una crema hidratante y, a la vez, ¿para qué necesito una crema hidratante? ¿Para ser más guapa? ¿Acaso soy fea? ¿Y si no fuese así? ¿Y si en realidad, objetivamente, tomando mis facciones una por una y analizándolas a fondo, no fuese fea? ¿Y si en realidad solo soy yo misma? Hoy mi piel «yo misma» de mi cara está grasa y con granitos. ¿Es en verdad así o son imaginaciones mías? ¿Qué pasaría si me dijeran: «Eres hermosa»? Si me lo dijeran todos los días. Todos los *fucking* días. Si ese día que me levanto, como hoy, y me ha salido un grano, y el champú de extracto de frutas me ha vuelto a mentir con lo del encrespamiento, y me he cambiado ya dos veces de ropa y no acabo de verme bien, alguien me dijera: «Estás hermosa». Es más, si me lo dijera tal como salgo de la cama, recién levantada, con estos pelos y este pubis sin depilar con su persistente cana, y las sábanas marcadas en la mejilla. Qué importaría el grano, el champú de extracto de frutas contando mentiras, la ropa, la ausencia de crema facial, de contorno de ojos, que ya son cuarenta, y el año que viene cuarenta y uno, y al otro cuarenta y dos, y así hasta que me muera. Si me dijeran: «Eres guapa», así, tal cual, si me lo dijera yo misma todo el tiempo, qué pasaría con las rebajas, la cosmética, las peluquerías. Qué pasaría con Danone y sus bífidus, con los cereales Special K, con los bolsos de marca. Qué pasaría con las colecciones de entretiempo. Qué pasaría con los suplementos de estilo del periódico. Qué pasaría con la ropa interior de lencería, con las bragas de encaje. Qué pasaría con los antidepresivos, con las inyecciones de bótox, con las mesoterapias, presoterapias, liposucciones. Qué pasaría con los sujetadores con relleno, con los aumentos de mama, con la *Vogue*. Qué pasaría con las planchas de pelo, los tintes, los alisados de queratina. Qué pasaría con Instagram, con los palos de selfis, con el Photoshop. Qué pasaría con las mechas californianas. Qué pasaría si, en el silencio de la madrugada, una voz susurrase: «Tu est belle», como en un off de una película de Agnes Jaoui. Pasaría que ni miraría el grano, ni miraría el encrespamiento, ni miraría con pena mis pechos de cuarenta años y dos lactancias: miraría solo mi cuerpo esbelto de piel blanca y aterciopelada, miraría mis ojos verdes, miraría mis ondas oscuras, miraría mis pezones rosas, miraría mi coño, miraría mi sonrisa, miraría mi mandíbula grande, miraría mis lunares, miraría mi ombligo con su hernia como un botón, miraría mis manos de dedos largos, miraría mi culo redondo y suave, aunque fuese haciendo malabares contorsionistas de pie en el borde de la bañera.

Día 331. No me paso a la fibra

Oigo a Horacio aporreando con furia las teclas del ordenador a través de la puerta cerrada del baño. Me acerco. No apoyo la mano en el pomo porque sé que él cierra con pestillo.

—¿Pasa algo?

Pienso en que es raro que esté aporreando el portátil y no rascando la guitarra. A lo mejor es porque en noviembre hay menos festivales de música, menos conciertos, hace frío. A lo mejor los fans de Kurt Cobain ya son padres y tienen hijos como nosotros, hipotecas, alquileres, abuelas con alzhéimer, logísticas complicadas, poco dinero para la canguro.

—Internet —se queja—, ¡la reconcha!

Suspiro y voy a buscar el móvil. Llamo a la compañía. Me sé el número de memoria porque trabajo para ellos. Después de que me pasen con treinta y cinco operadores y de oír el preludio de «Para Elisa» catorce veces, por fin me atienden.

—Buenas, llamaba porque el ADSL va a pedales y quería pasarme a la fibra.

Al cabo de otra media docena más de «Para Elisa», por fin me contestan que, después de comprobar unos datos, a mi casa no llega la fibra. Y yo le digo que sí, que está equivocado, que trabajo para su misma compañía y que en las reuniones de marketing me han dicho que sí, que llega, que por eso hicimos esos jodidos anuncios, para decir que llegaba a todas partes, a todos los hogares, incluso al mío. Que me pasen con tal persona del departamento de marketing y lo podrán corroborar. Y ellos me dicen que el departamento de marketing no es el departamento de marketing al que estoy llamando, que en realidad estoy llamando a Costa Rica. La misma compañía que dice que sí luego dice que no.

Vuelvo a acercarme a la puerta. Hablo a Horacio, que está al otro lado.

—El mundo es un lugar muy raro.

A través de la puerta cerrada huelo un leve olor a mierda. Pienso en si el amor no será eso, en el fondo, que no me desagrade el olor de su mierda.

Día 336. No sé si lo pienso o lo digo en voz alta

Falta tan poquito para que termine todo esto..., pero ¿qué es todo esto? ¿Qué es lo que va a terminar? ¿Mi proyecto? ¿No comprar nada que no sea vital para la supervivencia durante un año? Pienso si en el fondo no va a seguir todo igual, este caminar por el abismo, que es finito como la línea desnuda de muñeca que le deja al aire este jersey que ya le va pequeño a Mayor.

Día 339. No tengo ninguna puerta que se abra a un bosque

De acuerdo, los niños necesitan ropa nueva. Sí. Necesitan una puerta que se abra a un bosque. Necesitan andar descalzos. Necesitan alejarse tanto que no oigan mi voz cuando grite sus nombres. Necesitan arena de playa. Necesitan un horizonte vasto y amplio. Pero la vida es esto, al fin y al cabo, una habitación al lado de otra, una puerta a la calle, un jersey demasiado corto.

Día 343. No compro manuales que te explican
cómo hacer las cosas

«¿Cómo lo hiciste?, ¿cómo atravesaste la montaña sin comida, sin fuerzas, sin brújula, sin agua?», le preguntaban en una entrevista a uno de los supervivientes de ese avión que se estrelló en los Andes.

«Poniendo primero un pie y después el otro».

Parece muy fácil que la vida se resuma a eso. Ordeno los calcetines por orden cromático perfectamente doblados en cuatro partes iguales, no hechos una bola uno dentro del otro como hacía antes, en el tercer cajón de mi mesilla de noche, como dice que hay que hacer la chica japonesa. Todo el trabajo que me tomo para doblar la ropa en cuatro partes pensando: «Estoy poniendo mi vida en orden y no es eso». No está aquí la respuesta. Saco el cajón, le doy la vuelta y vacío todo el contenido en el suelo. Los calcetines se esparcen por todas partes como serpentinas de colores. ¡A la mierda! Meto los brazos por dentro de mi jersey de forma que me quedan las mangas colgando como si fuese manca, como si llevase una camisa de fuerza que me permitiese abrazarme a mí misma. Tengo las manos frías. Pienso en la aparente estupidez de poner un pie y después el otro. Y otra vez el pie derecho y después el pie izquierdo. Voy caminando como un monstruo sin brazos de la habitación al pasillo. Así se atraviesan montañas, pienso, sin agua, sin comida, sin brújula, sin ropa de abrigo y en zapatillas de tela. Así se atraviesa la vida entera. Sin hipotecas, sin depósitos a largo plazo, sin herencias, sin monovolúmenes, sin apartamento en Marbella.

Poniendo un pie y después el otro.

Día 347. No compro omeprazol

—Che, me llamaron de una agencia de publicidad para una entrevista —dice Horacio, que entra del patio como sacudiéndose el frío con el móvil en la mano.

—¿Has estado mandando currículums? —le digo, cerrando rápidamente la puerta para que no se enfríe la casa. Me fijo en cómo las raíces más oscuras de su cabello han ido ganando terreno al rubio con el paso de los días.

—Hice unas llamadas.

—¿Y lo otro? ¿El grupo? —Mira hacia el rincón donde solía dejar la guitarra. Me doy cuenta de que no está.

—Me la olvidé en un taxi.

—¡Joder! ¿Y no tienes el número de teléfono de la compañía?

—Dejá, es una señal.

—Pero nosotros no creemos en las señales.

Se pasa las manos por el pelo y se lo echa hacia atrás. Después se encoge de hombros.

—Hay que volver a la normalidad en algún momento, ¿no?

Se supone que debería sentirme feliz. Intento buscar esa felicidad de la que todos hablan.

—¿Eso significa que se acabaron las giras?

—Sí.

—¿Seremos una familia normal?

Pienso en el significado de *normal* y algo se atasca en mi pecho, como una bola de tira de asado sin masticar. Estoy por gritarle: «¡No lo hagas! ¡Salgamos a buscar el taxi! ¡Así, con la ropa de estar por casa! ¡Llamemos a todas las compañías!».

Pero soy demasiado cobarde.

Día 350. No compro el premio Planeta de este año

Pienso en la gente que gana concursos. Pienso en la gente que es «alguien». En los artistas. En la gente que «trasciende». Pienso en todos los demás, que vamos arrastrándonos por la existencia, fuera de los ángulos de visión de las cámaras de vigilancia. Seres invisibles. Seres que quizá hemos venido al mundo a hacer algo de provecho, a aportar nuestro grano de arena, pero que hemos fracasado estrepitosamente en nuestra misión. Que no la hemos sabido llevar a cabo. Observo el perímetro de mi oficina. Hoy han venido unos señores chinos a visitar toda la planta, como si fuesen a alquilarla con algún fin. Un señor que no era chino les iba enseñando el lugar: ahí fuera están los servicios, aquí hay una pequeña oficina de paredes de cristal, ahí al fondo una sala de reuniones con capacidad para unas veinte personas, y que si la luz natural, que si el espacio diáfano, que si las posibilidades. Todo esto solo lo he deducido, porque hablo cinco idiomas pero no hablo chino. En todas sus explicaciones me ha dado la impresión de que no ha incluido a los trabajadores que aún quedamos. Al pasar por mi lado, podría haber añadido: «Y aquí tenemos a esta trabajadora con una orquídea muerta a la que pueden dedicarse a ignorar toda la jornada». Pero ni siquiera me han mirado. A lo mejor nos trasladan a otro sitio más pequeño. A lo mejor los de París esperan que nos vayamos, o que nos suicidemos, o algo por el estilo. Sería la hostia que se llevasen este ordenador y, en unos años, hurgando en el disco duro para hacer limpieza, encontraran esta especie de diario, esta crónica de un fracaso, y se decidieran a publicarlo. Llegados a ese punto sería mejor estar muerta. Cuando estás muerta, la gente te toma más en serio. Si ahora me comiese los tóneres de tinta, apurando su contenido, por ejemplo..., erigiéndome en un símbolo, en una víctima del *mobbing* más despiadado..., acaparando titulares. Mi existencia se convertiría en algo útil. Los chinos ya se marchan «y yo sigo aquí», como cantaba Paulina Rubio. El gran problema es que yo no me quiero morir. Alargo la mano y toco el tronco seco de la orquídea. Tiro de él hasta que arranco la planta entera, sus tallos fosilizados, sus raíces apelmazadas.

La miro por última vez y la tiro a la papelera.

Día 354. Viernes

Hoy es el último viernes antes de las vacaciones de Navidad. Me pregunto, de tener todavía la fe intacta en la magia, en la ilusión, como mis hijos, qué deseo pediría.

De repente, el estruendo de un teléfono fijo. Todos los trabajadores de la oficina se quedan en silencio. Tardo todavía unos segundos en darme cuenta de que es el de mi mesa.

El aparato de color crema con teclas negras de formas rectas.

Lo dejo sonar un par de veces.

Y después, a la tercera, descuelgo.

Invierno

Final

Compro vitaminas. Compro superalimentos anticancerígenos. Compro ganarle unos minutos más a la vida. Compro mucho verde porque dicen que cuanto más verde...; compro mucho rojo porque dicen que los antioxidantes, que los antienvejecimientos..., que el primer *chakra*, el que nos une a la tierra, de la que nos queremos despegar como sea. Compro todo lo que alarga la vida, como si se pudiese vivir para siempre. Quiero parecer profunda, pero al final lo único que me preocupa ahora mismo es si tendría que haberme pintado las uñas de rojo. Mujeres diciendo: «Por qué habré traído hijos al mundo, qué futuro los espera», y yo lamentando mi falda roja pasada de moda, mi falda roja de licra, mi falda roja de tango que una estilista argentina me regaló en un rodaje, cuando aún iba a los rodajes, cuando aún me creía alguien porque trabajaba de creativa en una agencia de publicidad para que cuando me preguntasen: «¿Y tú de que trabajas?», pudiese responder eso: «Soy creativa».

Tendría que haberme pintado las uñas de rojo, aunque la gente no se diese cuenta, pero yo sí; las uñas de rojo me ayudan a tomar otra perspectiva de las cosas, me permiten escribir como si no fuese yo, como si no fuesen mis manos, no fuese mi historia. La tela de la falda es demasiado brillante. No me he dado cuenta cuando la he agarrado en la oscuridad de mi armario. Debería haberme pintado las uñas de rojo para llevarlas a juego, para no ser alguien disfrazado, sino ser alguien que se ha puesto adrede una falda rojo brillante como hablándole al mundo, como reconociendo que es imposible ser normal, siempre habrá algo que nos lo impedirá. Ya no tengo el portátil del trabajo para escribir. Me lo hicieron devolver. Lo hago en la última página de la agenda. Cada vez es más pequeño el lugar donde escribo, se me termina el espacio en blanco y mi mano zurda hace malabarismos para trazar la letra cada vez más pequeña.

Son las cuatro menos diez y ya falta poco para que suene el timbre del colegio, para que termine todo esto, para que caiga el punto final como un meteorito al cabo de la página. Me he vestido como para una fiesta, para una celebración, y debería haberme pintado las uñas de rojo. Pero luego hay que estar todos esos minutos con las manos en alto sin tocar nada. Nunca puedo esperar tanto. La vida es demasiado corta para perder diez minutos con las manos en alto esperando a que se seque la laca de uñas. Tendría que haber tenido una hija, tendría que haber tenido más amantes, tendría que haber dejado los estudios y haber ido a explorar cuevas, tendría que haber perdido la virginidad mucho antes, entonces esto lo estaría escribiendo a los treinta y tendría aún mucho margen. Comer cosas rojas por el licopeno y el ácido fólico. Tendría que haber tenido más orgasmos, los orgasmos de las mujeres que no le importan a nadie, porque no se ven, y que si no se ven, no existen, dicen. Los orgasmos alargan la vida, dicen; comer granadas alarga la vida, dicen. Escribir debe acortarla. Hay que compensar.

Tendría que haberme pintado las uñas de rojo para ser una de esas chicas que bailan, al fondo, en las galas de televisión.

Pensando solo llega una, las demás nunca llegaremos, siempre seremos una de las chicas del cuerpo de baile, las figuras del fondo que usan para rellenar el plano. Siempre son las otras las que triunfan. Como las que tienen cáncer, es cuestión de estadística. Es invierno y el invierno es una estación triste.

Debería haberme pintado las uñas de rojo para no ir pensando: «Es invierno y ya soy un año más fracasada». Fracasada y un año, fracasada y trescientos sesenta y cinco días. Terminaré esto, que ya casi es la hora, sonará el timbre, me acercaré con las otras madres a las verjas del colegio esperando a que abran la puerta. Cierro la agenda y me la guardo en el bolso. Esto se cierra pero lo otro sigue abierto, como una cicatriz sin sutura. ¿Qué es lo otro? ¿El argumento? ¿La pupila del ojo en *Un chien andalou* atravesada por una navaja? Nadie espera nada de mí y eso es muy tranquilizador. Los únicos que esperan algo de mí, todos los días, a las cuatro en punto, son mis hijos. El mundo sobrevivirá sin mis palabras, pero ellos no pueden sobrevivir sin mi presencia detrás de las verjas, que ya se abren. Cruzo el umbral, atravieso el patio y salto, uno, dos, tres, mientras piso cada casilla de la rayuela y llego al cielo, que es la casilla azul con un chicle pegado.

Mis hijos, al verme, corren hasta mí.

—¿No tienes una piedrita, mamá?

—No, cariño, vivimos en una ciudad sin piedritas, pero con una madre que, pase lo que pase, estará aquí todos los días a las cuatro de la tarde.

Lo otro es superfluo. Las palabras no son nada. Nada es nada. Escribir a pesar de todo, a pesar de que no importe a nadie. O, precisamente, porque a nadie le importa un carajo.

—¿Y cómo se hace, mamá? ¿Cómo se juega sin piedrita?

—Pues mira, pones un pie y después el otro, y así hasta el final.

Agradecimientos

En una escena de la película *Trust*, de Hal Hartley, una adolescente embarazada le pide al protagonista que se tire de espaldas desde lo alto de un muro de piedra, que ella lo sujetará; tan solo tiene que confiar.

Durante los últimos años que estuve trabajando de creativa publicitaria me veía a mí misma siendo a la vez el personaje que salta y el personaje que sujeta, diciéndome: «Confía». Intentando sobrevivir al mismo tiempo a la crianza, al vacío laboral y a la llegada a los cuarenta. La sensación de tener que sujetarme a mí misma mientras caía. La única manera que encontré de canalizar mi frustración durante todas aquellas horas de no hacer nada fue escribir sin parar, día tras día, en horario laboral, un documento al que llamé *Trámites*. Un título suficientemente aburrido para que nadie estuviese tentado de curiosear su contenido. En cinco años nunca me preguntaron qué estaba haciendo, qué se suponía que escribía durante tanto tiempo cuando no me habían pasado ningún tipo de trabajo. Es curioso, porque de pequeña siempre deseé tener el poder de la invisibilidad. Jamás pensé que un día ese deseo se cumpliría.

Por eso quiero dar las gracias a la agencia de publicidad Leo Burnett por haber servido de inspiración y escenario de la historia, y una mención especial a la empresa de telefonía francesa que eran clientes de la agencia.

En cuanto al proceso de convertir aquel *Trámites* en esto que es ahora, quiero agradecer a Baixauli, jurado de los premios Pollença, la confianza ciega en este texto y hacerlo llegar a las manos adecuadas.

A mis editores, Marta, Andrea y Aniol, por hacer de hilo guía y mostrarme la luz de salida a lo largo de todo este camino.

A María y a Carolina, por editarlo en castellano, por las aportaciones en la jerga de Horacio, por las palabras alentadoras, por compartir la fascinación por los cuchillos. Y a Bernat, por hacerlo posible.

A Esther, por estar ahí siempre, por los ánimos, las birras y los consejos.

A los amigos de Madrid, por todos los domingos de terraza, asados, poesía y música: Leonor, los dos Jorges, Cris, Guada, Tute, Lucas y Sonia.

A Katrina, Virginia e Isabel, por haberme ayudado a sobrevivir a la maternidad y al trabajo a fuerza de humor y tequilas.

A Aída, que se leyó la versión larga de este manuscrito en su móvil de un tirón.

Al bar del polideportivo de Sineu, donde fue posible poner orden a esta historia, a pesar de la banda sonora del programa de tertulias de sobremesa y la máquina tragaperras de fondo mientras mis dos hijos entrenaban al fútbol todas las tardes.

A Araceli y a Juan, que viven en la casa-cueva que hay más allá del torrente que se inunda cuando llueve, por habernos inspirado a dejarlo todo y venir a vivir al paraíso.

A mis hermanas, Roser y Montserrat, por ser dos mujeres increíbles y llenas de talento en las que mirarme siempre.

Y, especialmente, gracias a Roser, por haber sido la primera lectora y haber expurgado el texto sin contemplaciones.

A mis padres, Marcel y Montserrat, por haberme hecho crecer rodeada de libros e historias y por haberme dado las fuerzas para seguir intentándolo siempre.

A los personajes nocturnos de aquel particular hotel Chelsea que era el piso de Aribau, porque allí, de alguna manera, comenzó todo.

A Sylvia Plath, a Alejandra Pizarnik, a Anaïs Nin y a Angélica Liddell, por las palabras.

A Kurt Cobain y a Courtney Love, por la música.

A Cortázar y a su *Rayuela*, porque es preciso volver a ellos, siempre.

A mis hijos, Marc y Ramón, a pesar de todas las interrupciones durante el proceso, los intentos de escribir con pelotas de fútbol volando sobre mi cabeza, los ensayos de piano, las manchas de comida en el manuscrito, el desorden, los «Mamá, tengo hambre» y los partidos del Atlético de Madrid de fondo, porque gracias a ellos el texto, y yo misma, se ha convertido en lo que es ahora.

A mi perro Rayo y a mis diez gallinas.

A Edu, por todas las veces que hemos saltado juntos.

Algunos títulos imprescindibles
de Lumen de los últimos años

Las cuatro esquinas del corazón | Françoise Sagan

Una educación | Tara Westover

El canto del cisne | Kelleigh Greenberg-Jephcott

Donde me encuentro | Jhumpa Lahiri

Caliente | Luna Miguel

La furia del silencio | Carlos Dávalos

Poesía reunida | Geoffrey Hill

Poema a la duración | Peter Handke

Notas para unas memorias que nunca escribiré | Juan Marsé

La vida secreta de Úrsula Bas | Arantxa Portabales

La filosofía de Mafalda | Quino

El cuaderno dorado | Doris Lessing

La vida juega conmigo | David Grossman

Algo que quería contarte | Alice Munro

La colina que ascendemos | Amanda Gorman

El juego | Domenico Starnone

Un adulterio | Edoardo Albinati

Lola Vendetta. Una habitación propia con wifi | Raquel Riba Rossy

Donde cantan las ballenas | Sara Jaramillo

El Tercer País | Karina Sainz Borgo

Tempestad en víspera de viernes | Lara Moreno

Un cuarto propio | Virginia Woolf

Al faro | Virginia Woolf

Genio y tinta | Virginia Woolf

Cántico espiritual | San Juan de la Cruz

La Vida Nueva | Raúl Zurita

El año del Mono | Patti Smith

Cuentos | Ernest Hemingway

París era una fiesta | Ernest Hemingway

Marilyn. Una biografía | María Hesse

Eichmann en Jerusalén | Hannah Arendt

Frankisssstein: una historia de amor | Jeanette Winterson